大 地
纸本
34cm×34cm
2007

空　山

纸本

35cm×35cm

2014

登 徒
纸本
33cm×5.5cm
2013

莲蓬头

纸本

34cm×34cm

2007

天寒地冻
纸本
35cm×35cm
2013

照虎画猫图
纸本
34cm×34cm
2011

自 序

若干地方，若干花木，若干山水、朋友、鸡鸡狗狗和市井。这些东西，是我坐在虚室，从窗口看到。

窗户本是明瓦，东一块、西一块、上一块、下一块，如今鳞片脱尽，时光如水亦向东流乎？或忽然化龙，作风做雨，龙也是有鳞片的。鱼龙之所以混杂，因为鳞片混杂难分难解。

糊上一张棉筋纸就有区别，内是内，外是外，而不见外。

但这棉筋纸也难找，皮纸呢，少点白皙，或曰白皙之轻薄。糊窗纸要轻薄，糊名要厚。枯坐破窗，无所事事，有人破帽遮颜，我则破窗养眼，看到一点，记下一点，增之一点，减之一点。

从五六本旧作中，《懒糊窗》是我选美而出，当然破窗边美人稀罕，自然得罪爱美之心，但这本《懒糊窗》里每篇散文在我选美之际都被我增之一点减之一点，煞费苦心，好像"增之一分则太长，减之一分则太短"，宛如新作一般，仿佛多年婆婆又成媳妇。

懒糊窗，首先得有窗，还要老式那种，一推，差点掉下来。

是为序。

车前子
二〇一六年三月二十九日 夜 于起云楼

目 录

国子监街 ...1

嗅觉带我找地儿 ...5

玻璃灯罩 ...7

一个无名小站 ...10

青 花 ...12

凳 子 ...15

罗汉果 ...17

绣球花 ...20

菖蒲花 ...23

悬铃木 ...26

香 椿 ...28

西 瓜 ...30

花 ...32

辛夷花和太湖石 ...35

金　鱼 ...36

鸟 ...39

羊 ...42

偶　记 ...44

西洋画本 ...47

猜谜语 ...65

我们是赤裸的 ...69

盛夏的声音 ...73

白烟囱 ...75

张宗子 ...77

郁达夫 ...79

沈从文 ...81

老　舍 ...83

我的朋友邹静之 ...85

生活在学校附近 ...89

沉睡的花朵 ...95

粉红摘 ...100

苍茫的影子木马 ...104

童话 ...109

《古诗读物》序 ...111

十四田虫 ...112

有公鸡的地方 ...115

锦盒散页 ...117

貌似格言的脸面 ...124

腊月九忆 ...136

尘 埃 ...142

诗歌故事 ...146

如期而来如期而去 ...154

纪念一只纸箱 ...156

《影影集》两则及说明 ...159

筷子和《筷子的故事》 ...170

剥壳非为啖肉 ...173

被羽毛携带或携带羽毛 ...175

粗 枝 ...179

折鸟事件 ...182

偶像之城 ...184

自画像的片断与拼贴 ...189

瘦鹤病梅 ...193

叶落石遗 ...195

雨之集 ...197

紫一章 ...201

绿 H ...204

找 人 ...208

乡下纸牌 ...212

年底的织布机 ...217

随想蝉蜕 ...224

工业化的怀旧 ...242

县城和鸡毛 ...245

节气与哮喘,或农历中的梨 ...248

被唤醒的身体 ...254

在一根大烟囱下 ...257

明朝市井 ...260

佛 头 ...264

2000 年故乡夏天 ...269

民 间 ...278

晚期风物 ...280

瓜田李下 ...283

城南旧事 ...286

这么多人混在一起 ...294

国子监街

雍和宫香火很旺，可说是香宫。香气透到成贤街上，越往里走，香气似乎越浓。但有变化，这香气香得深了、香得静了。细细一辨，是孔庙里的柏树香和国子监里的书香。

这一条街有两个名字，街口的二柱三楼式牌楼上，宝蓝底匾额，是"成贤街"三个大金字。而在街口，竖着块路牌上写的却是"国子监街"。街上门牌号码，红色的，名片大小，字是白的，白字也分明"国子监街"。我有些糊涂，这条街该叫"成贤街"呢，还是"国子监街"？据说它是后来改名为"国子监街"的，在这之前，都叫"成贤街"。废名在一九二三年的一篇文章中写道：

这其间的时刻，是在成贤街孔庙里看柏树；——空手回去，不愿；到琉璃厂，又怕前门车搀起来的灰尘。

又有一说,"成贤街"和"国子监街"并驾齐驱,成贤街是学名;国子监街是奶名。

国子监街上,漫漶着闲适气息,大概是与柏树香书香沾亲带故的原因。不多的人散坐散立着,冬天晒太阳,夏天纳凉。春秋呢,"春秋"都交托给了孔夫子。偶尔热闹一下,是去雍和宫的外国人在这里上下旅游车(雍和宫第二停车场设在国子监对面)。他们倒像一些洋水果:花旗橙或者澳大利亚樱桃。尽管有一些香水的味道不屈地从柏树香书香中挣扎而出,但很快就被大青衣的肉香压下。这香的肉是"丝不如竹竹不如肉"的"肉"。

几条小胡同小巷插在国子监街两边,国子监街好像稻草把——卖糖葫芦的扛在肩头的稻草把,所剩不多的几支糖葫芦插在上面。从雍和宫对面的国子监街那一头进去,是去玩国子监最好的行走路线——国子监算是高潮的话,是推迟高潮到来,但又不觉得乏味。国子监不像天坛故宫,高潮叠起,我们玩天坛玩故宫,尽可以直奔主题。而玩国子监,直奔主题不行,要悠着点。所以我们尽可以先在国子监街上东张张,西望望。即使什么也没有张望住,心肯定会静深下来、闲适一些的,这样,我们就能看到一个人从官书院胡同出来,像头蜜蜂,贴着糖葫芦飞,飞到金黄色的稻草把上。国子监街也就有点黄,豆黄。

官书院胡同,与北京大多数胡同一样,不是宽点,就是窄点;

不是长点，就是短点；不是大点，就是小点；不是干净点，就是脏脏点，诸如此类，点数不同，面上却都差不多。官书院胡同却在面上也拉开距离——起码在胡同的色彩上，就很独特——它是一侧朱红一侧瓦灰的（是年代还是阳光？使朱红中隐隐约约垒出些赭石，瓦灰里捎带一抹浅显易懂的蓝色），仿佛阴阳平衡，乾坤和谐。官书院胡同的一侧朱红，是因为这条胡同紧挨孔庙，朱红的一侧，也就是孔庙围墙。从官书院胡同往深处看，能看见一侧的朱红围墙在胡同中段有些剥落，露出大块青砖。这青砖呼应瓦灰的一侧，而瓦灰的一侧上有几家门户贴着春联，春联的大红与对面的一侧朱红，又在暗暗交流，仿佛拉长的太极图，依孔庙、依儒而立，丰富国子监街的色彩，倒没有门户之见。一个人从官书院胡同出来，远远的，分不清性别。一个人踱到国子监街上了，才看出他是个老头，嘴里嚼着什么。老头横穿过街，摸石头过河，摸到安顺里门前，那里挂着一只大鸟笼，老太们在看鸟。鸟也在看，眉目之间有点得意，或者是春色。一个老太看着老头走近，就一伸手，老头从口袋里往外掏，掏出几颗黑沉沉的干果，往老太手里放。老太拈出一颗，用门牙咬了起来。

"怎么烟火气？"

老太问老头。老头说：

"熏的。"

我瞅半天，没瞅出这是什么。不像橄榄，不像黑枣，倒像是禁果。老太一脸疑惑和惊诧，像是以前没吃过似的。

孔庙的大门豁然开朗，阳光使柏树绿得化不开。孔庙大门两边，各有一座下马碑：

官员人等至此下马

我正瞅着孔庙大门内的柏树暗影，忽然听见大青衣的肉香四溢，有点程砚秋秋天况味，一回头，是文化站。刚才走过了，没注意，就再折回去看。一个人莺声燕语地唱着——"我正不足她正少，她为饥寒我为娇"——也是个老头，剃个大秃瓢。

孔庙旁边就是国子监，所谓"左庙右学"，所以国子监又称"庙学"。那时的太学生也要上体育课，去箭厂胡同射箭——

一队小心翼翼的太学生，走着，或许还背着弓。

嗅觉带我找地儿

我在北京走过的地方，如果附近有胡同，下次再来就方便。后来我发现具有北京特色的事物，比如胡同，都能很快地进入我的记忆并立马成为图像——也就是我以后找地的路标。胡同是我的北京图像和北京路标，在说这北京图像和北京路标之前，我要先说说一个城市的基本色调。

一个城市有一个城市的基本色调，有人说只有上海没有基本色调，它花花绿绿的。其实花花绿绿也就是上海的基本色调——这是以前十里洋场所留下的调色板。苏州的基本色调是粉黛。青岛是绿加红。西安是肉夹馍——咸肉与冷馍的颜色。北京的基本色调在我看来就是灰与黄，这灰黄相接，北京城自然有一种辉煌。这种辉煌不飞扬，而是沉静的、内敛的、含蓄的、博大的，同时又有点深不可测。而北京这种基本色调里的灰色调，就是由胡同提供、保证。

胡同现在越来越少，我也就色盲且步履维艰了。但我要找的地，我刚才已经说过，附近只要有我曾经去过的胡同（我常常是骑自行车外出），我就丢不了。外行看胡同都一个样，我这么说不是说我是内行，只要是我去过的胡同，我下次再来准保还能记住它的某些细节。我和妻子逛胡同，我说这条胡同我上次见到一个小卖店，店主的一只眼睛有点斜；那条胡同我上次见到一家门口只剩右面门墩，门墩上有些红漆，还有小孩用墨汁写的字："张建国不及格"。走近一看，果真如此。胡同里的东西我看一眼，都不用死记，到时就能历历在目地像口若悬河。

我去三联韬奋书店买书，走美术馆后街常常会晕，一个大转弯往往会朝右手那边顺手转了过去，而我走钱粮胡同，却从没走错过。我会嗅着一股大白菜的气味往前走，觉得大白菜的气味变淡，我也就快到三联韬奋书店。

我说出来不知你们信不信，在胡同里，我还有嗅觉上的记忆：我觉得钱粮胡同是大白菜的气味，帽儿胡同是冰糖葫芦的气味。而轿子胡同里有豆汁味，我很喜欢闻。嗅觉也是我的图像，嗅觉带我找到目的地。在大街上这就行不通了，大街上只有汽油和尾气的气味，所有的大街都一个样。

玻璃灯罩

去晋阳饭庄吃晚饭,看看时间还早,就跑陶然亭。我在北京生活多年,陶然亭这是第一次去。同行的老赵和老梁,买门票时,老赵说,这么便宜,以为回到 80 年代。我说就应该这么便宜,因为不是园林,这是公园,也就是说陶然亭是人民公园,许多城市人民公园都免票了,杭州做得最彻底,连西湖边上的景点都可以随便出入,看上去有点吃亏,其实大赚,因为游客会情不自禁多玩几个(至少我是如此的),不知不觉就在杭州停留,只要游客停留,自然带动旅游消费,住店、餐饮、购物,一个也不少,况且又做活广告。我从杭州回来,人们问起杭州,我说的第一句话,往往就是——不错,不要门票。这几年我们作为游客,快被门票搞疯了。关键觉得不值。前年我去上海朱家角,进镇子要买门票,走过一个据说是什么古典园林,想去望望,还是要买门票,进去一看,我只看到一堵水泥房子、两个水泥亭子和几座水泥桥。陶然亭门票两元一张,如果陶然亭搬到朱家角，就是卖两百元一张，在那里也不算贵。这样一想，我马上以为自己已经稳赚一百九十八元，心情灿烂。

进得陶然亭公园大门，先看到块大石头。石头不是好石头，放在这里，却觉得相称。如今能做到相称，也就可说美不胜收。你如果往江南跑，常常一不小心就会在乡政府大门口见到仿古的汉白玉华表，矗立云天，乡长和副乡长们不可一世地拖着鞋皮，在华表之下随地吐痰。我不是个在建筑上持有等级的人，但我觉得仿古的汉白玉华表矗立乡政府门口，的确不伦不类，也就是说不相称，所以见到陶然亭公园大门内的石头当然也就为它的相称而喊好了，这真是人民公园里的大石头！

石桥。河水。草地。野鸭。老头。篱笆。小孩。照相机。折叠椅。报纸。易拉罐。小姐。情侣。一片安谧。陶然亭的大调子是绿油油的。慢慢地，这绿油油中不时插入银白和深灰的片断。银白的是交叉小径。我与老赵老梁交叉着来到池边——我看到荷花。这荷花不是好荷花，开在这里，也觉得相称。荷花尚未开足，仿佛预动的红色马达轰轰轰轰，随时都能发动。这带电的荷花，让我觉得北方的夏天像是一只玻璃灯罩。陶然亭公园的夏天呢？陶然亭公园的夏天不像玻璃灯罩，因为它就是玻璃灯罩。这样一想，觉得被闷在灯罩里了，就热，就往阴凉里走，走到眼熟的一个亭台面前。因为非亭非台，所以叫它亭台，也就是说它有点像亭有点像台。走进亭台，我知道眼熟的道理，它是对扬州瘦西湖里吹台的模仿。扬州瘦西湖有一阶段太瘦，周边土地被人侵占，据说现在扩大规模，又有点太肥了。谁知道！我已经十五六年未下扬州。台的释名"筑土坚高"，营造法式"掇石而高上平者"，但陶然亭公园里的吹台低低地合趴水边，也就有些别出心裁。

我到陶然亭公园就想看看陶然亭的，我问在哪里啊？那人手一指，说，那就是。我顺着他的手望去，看到一座深灰城堡。我早就看到这深灰城堡，没想到它就是陶然亭，这更别出心裁了，还有些桀骜不驯。

一个无名小站

火车头,我首先想起我下车后从火车头前面横穿铁路,然后出站,车站是一座红砖瓦房,靠墙两条钉死的长凳,窗口,大盖帽,列车时刻表破烂得让人怀疑,回忆就到这里顿住,犹豫,回忆也不知道该往哪里回忆。

火车在皖南一个小站停下,去合肥要在这里换车。这个小站站名,我怎么也想不起来了。它在一亩亩水稻田后面,傍晚的阳光竟强烈得使我睁不开眼,像一张蛛网,我是被它捕捉到的苍蝇……火车头屎壳螂……草帽凝重的剪影……牛……没有牛……混凝土的栅栏外,有一两头粉红的猪。或许连猪也没有。

去合肥的过路车会在晚上路过,我打听到明天上午也有车去合肥,就决定在这里住上一宿。

车站旅馆,墙,席子,纱窗,月季花,苍蝇,蚊子,墙上血迹斑斑,发黑了,被打死的蚊子尸体留在斑斑血迹里,偶尔有一些风干的细腿倔强地翘出，很像坏电灯泡里枯槁灰色的钨丝，席子中央人形的一团油腻，断裂的蔺草忽高忽低，忽高忽低的酸味，纱窗敞开着，丢了插销，关上，它又弹出，一株惨淡的月季花，三朵五朵。

同住的人自以为和我混熟了，向我兜售银元。

一到晚上，满屋蛙声，突然的火车汽笛声，蚊子声，鼾声，醉汉的咆哮声，撒尿声，我也在门口一站，撒尿，嗅到水稻田的热气。

我不知道这个无名小站在我生命中是怎样的投影，后来的许多次长途旅行，只要累了，只要厌了，我在车厢里摇东晃西，就会出现我已下车正从火车头前面横穿铁路去这个车站旅馆的幻觉。

有时候，我也有另一个幻觉，也是在长途旅行中，我到"车坊"，它遍植蔺草，我就摘下帽子垫在脑后，在蔺草地里睡觉，醒来后，眯眼看着场地上编制席子的女人，她们在自己的草原上漫游，温顺得仿佛羔羊。

"车坊"，地名，盛产蔺草，在苏州城外，但我从没去过。所以我同样不知道这个地名在我生命中是怎样的投影。幻觉是被拒绝的回忆？也是被虚构的回忆？它悄然到来。火车头冒着轻烟。

青 花

　　晕晕乎乎。飘。飘起来。她宽大衣裳。仿佛晾在两棵树之间的床单。香樟树。还有什么能比香樟树更浓。我在影子里找到一片碎瓷。青花。我用仅剩的一角山水拼凑出暮雨家乡。春江骨冷冷于秋水。条状块状。星星点点。斗笠。一般说法笔筒产生在明朝万历年间。而这肯定是一只饭碗碎片。我们的片段。日常的艺术。快得如电影。行走快得如电影。泡沫。蓑衣。藏头诗。床头湿。湿漉漉的鱼鹰。十二三岁时候。我去常熟乡下。春节。我第一次见到鱼鹰它们一点也不湿漉漉。蹲在竹竿上。傲慢。无动于衷。老头随船飘过厨房后的木窗。厨房。厨房里有一只大灶头。肉。鱼。豆腐。水芹。青花。这是一只青花饭碗。厨房里有十几只青花饭碗。有的还没洗出。碗底的米粒。碗口的汤渍。我后来之所以能够在影子里找到一片碎瓷。它在我十二三岁时候就埋伏在香樟树和她宽大衣裳的影子里。生活是一场预谋。青花。彩瓷。颜色釉。红釉极其难烧因为容易发黑。

门外一块流水。一块流水。手中一片青花。对面破墙之美之深如残碑。手中。一片青花。一朵青花。一二三四五六七八九十朵青花。石头中爆发的青花。我祖父母和外祖父母的智慧如此纯粹。我父母和岳父母的智慧如此纯粹。李白生得太早没有见过青花否则文气更加飘逸。杜甫是今日江苏省宜兴市的紫砂。去吧变成青色。而红泥小火炉中炉火纯青。纯青花。我的傲慢无药可救。我的傲慢是青花的傲慢。景德镇一千年。一千年种一朵青花根深叶茂花瓣一千层。层楼之上她宽大衣裳仿佛晾在两棵树之间的床单。香樟树。还有黄杨树。雀舌黄杨。一朵青花的成长比雀舌黄杨更慢干吗呢我想回家。视力很好多多保重愿今晚好梦。一朵青花在梦外更青。一朵昔日青花在梦外更青。当代的梦都是杂色。一朵昔日青花在当代的梦外出落得更青。我仅仅在影子里找到一片碎瓷。我用剩下的一角山水拼凑出暮雨青花。春江骨冷冷于秋水。秋水之上一船青花行走快得如电影四周黝黑。它是中国文化的放映孔。江南一道湿漉漉的光。你们会明白的。香樟树。还有什么能比香樟树更浓。比香樟树更浓的肯定不是黄杨树。黄杨树。还有什么能比黄杨树更浓。比黄杨树更浓的肯定不是香樟树。在两棵树之间我找到一片碎瓷。我用仅剩的一朵青花拼凑出暮雨家乡。她宽大衣裳飘起来她宽大衣裳。让我摸摸你乳房吧。让我摸摸你水墨的乳房。青花即水墨。瓷器的青花纸本的水墨它们是得意忘形的两个姊妹。把心意抓住。把身形丢掉。老头随船飘过厨房后的木窗我们不用随船就能飘过厨房后的木窗。饭碗开花。一朵青花游鱼碗。一朵青花莲子碗。一朵青花斗笠碗。一朵青花灵芝碗。一朵青花鸡心碗。一朵青花花果碗。一朵青花葡萄高足碗。一朵青花蕃莲碗。一朵青花缠枝碗。一朵青花。碗。一朵青花碗冷于秋水。而我的红泥小火炉中纯青着的只有我们的片段?

凳 子

祖母说，祖母说过去大地会突然裂开一条缝，缝里走出一个人或伸出一只手，向上面的人借凳子。

也会借碗，借筷，借勺，借吊桶。

当然会还，用完就还。

现在他们不来了，因为地上头都是房子，裂开一条缝，被地板遮住，也看不见。

我问祖母看到过他们没有，祖母语焉不详，这毫不影响我对此事的信任，地底下是还有一群人住着的，他们也吃饭，也睡觉，也生小孩。祖母说起他们，像说乡下亲戚。听上去甚至比说乡下亲戚还要亲近。

那时祖母住调丰巷十四号，有一天，邻居请客，不但借走我们家的桌子，还借走我们家的凳子，计有藤椅两只、骨牌凳四只和长板凳一只。祖母把我抱上床，她坐在床沿上，我后来也坐在床沿上，因为脚够不着地,就晃动两腿,祖母拍拍床沿,说,不要晃。

祖母"宋惠英",她不识字,但我写成"宋慧英",她会说不对,一脸着急。我于是常常当着祖母的面写"宋慧英",有时用红粉笔写上墙头,看她一脸着急的样子,我很喜欢。

罗汉果

我带上自行车,从苏州坐船到沙洲(现为张家港),骑着自行车玩了几天。

又带上自行车,从沙洲坐船到常熟,骑着自行车玩了几天。

去虞山路上,见到某和尚墓园,里面种满罗汉果树。

罗汉果树上结着罗汉果,废话,罗汉果树上当然结着罗汉果。

罗汉果树上当然不结佛手、橄榄和苹果,又是废话。

我后来对常熟朋友说,我第一次见到罗汉果树,就在你们虞山脚下。

他一口咬定常熟没有罗汉果树,常熟只有红豆树。

红豆树我也见过,现在印象全无,只记得树干魁梧,四周圈定(丑陋的)(刷着绿漆的)(铁质的)栅栏,因为不是红豆生南国季节,我一点看不出相思味道,与杂树倒是相似。

真想不起来了,谁曾给我几颗红豆,想不到红豆如此硬朗——

掉在地上，当当直响，仿佛掉的是一把珍珠。

虽然我很把这几颗红豆当回事，还是不翼而飞。

红豆的红，红如西洋玫瑰，其眉心凝一观点，黑得却似西洋玫瑰花瓣边沿凋零着的那缕浓黑。

那时，我有比喻，红如西洋玫瑰的红是柳如是的红，眉心凝一观点乃钱牧斋之黑。后来觉得钱牧斋诗文写得河山大好。

一个人一生能够做成一件事也就足以可称英雄（何况两件：钱牧斋诗写得河大好，钱牧斋文写得山大好），打铁的，磨刀的，画绢扇的，收藏烟标的，收藏啤酒瓶贴的，做酱菜的，箍桶的，写诗的，写散文的，泡吧的，泡妞的，泡方便面的，喝茶的，喝西北风的，打牙祭的，如果他们都当成事业来做，即使没有做成，也是英雄。

而文人甘苦并不多于常人，只是敏感往往使其步履维艰。

我十一二岁时候，父亲不无神秘地递给我一枚（好像猴子睾丸），说是能治咳嗽，它叫"罗汉果"，我在手上掂掂，轻轻；我在手上摇摇，沙沙。

差不多一如蝉蜕的一枚更好像猴子睾丸的罗汉果。

好几天舍不得吃，结果还是被我捏破，迫不得已地掰碎成一小块一小块，含在嘴里。

回味是甜的，但罗汉果这种甜也是携着药味的甜。

世上有一种味道天生药味，不管回味是甜是酸是辣是苦。回味仅仅属于能够搜寻得到的证据，而已，说不定正是伪证。

听说文人味最接近药味，哪怕回味也甜。所以是药所以还是药之所以是药之所以还是药：或挎葫芦施药而能济众，或据密室炼丹而苟自救也，在我看来，皆由不得自己耳。

我或许没有见过罗汉果树却自以为见过，这也是由不得——只是不一定自己。

绣球花

见到"绣球目"这一张表，方格内花样繁多，在"中文种名"一格，有"伞形绣球""中国绣球""绣球""园锥绣球""腊莲绣球"等等，我弄不明白。我所知道的绣球花，白中着绿，忽隐忽现的绿，粉绿，淡绿，粉绿。有时候又有一眸子嫩黄。

晴空蔚蓝，绣球花像雪，因为晴空蔚蓝了，绣球花才像雪的，点缀太湖石，显得良家妇女。如果在野外，绣球花蛮不讲理，它覆盖住乡村小河，在变黑变暗的墙上，乳房丰满得吓我一跳。

曾经有人用花算命，说喜欢绣球花的人是善变的人、骄傲的人、冷淡的人。

我问为什么？算命者说，绣球花短短一个月花期当中，颜色多次变化。昨夜还是纯白的绣球花，第二天早晨，红绿混合，男女杂处。

这也说不上算命。是附会，是茶余饭后轻松的精神分析。再说于花而言，一个月的花期也不能说短。

尽管我不相信用花算命，但那天的色彩却很艳丽，我印象里的绣球花一直是白中着绿和忽隐忽现的绿，但那天我好像看到好色主义的画，它由绿转蓝、由蓝转青、由青转黄、由黄转粉红、由粉红转胭脂、由胭脂转银灰、转黑、转紫、转白、转绿……

深绿的叶子，边缘锯齿，一朵一朵碎锦绢花团在一起，抱成圆顶建筑般的绣球。细看一朵绣球花，会觉得结构严密，仿佛由建筑师或会计师一笔一笔计算而成。

"绣球目"这一张表我弄不明白，后来查到一段，我觉得正是我以前看到过的那种：

绣球花，又名粉团花，落叶灌木或小乔木，夏季开花，花初开带绿色，后转为白色，原产中国华中和西南，性喜阴湿，怕旱又怕涝。

在这样的绣球花下，天气已经很暖了，我在园林里玩，就会瞌睡。

于是盛开着绣球花的绣球树上，跳跃起两头狮子，鬃发金黄，进退从容，还有锣声鼓声远近婆娑。中国不产狮子，古人看到狮子，大惊奇，扔给它一只公鸡，它吹一口气，公鸡身上，顿成不毛之地。于是我就想驯养一头狮子，让它杀鸡，省得我拔毛。拔毛太费工夫，所以大家爱好一毛不拔。

我刚学画的时候，看先生画绣球花，一个圈连一个圈，觉得好画。现在却不敢画绣球花，中国人的功夫可能全在画圈上。

　　查资料的时候，还查到一条：绣球不开花怎么办？

　　我想，那就把它当绣球抛出去！

　　我想，我继续想道，等以后有了院子，我种一棵绣球试试，如何？万一种下就开花，或许也成心事。

菖蒲花

入冬以来,家里暖气向觉不足,晚饭后就没事,闲坐喝茶。我名之为"夜茶",心里愉快。愉快地想到一位朋友索字,答应两年,竟然还没给他。我就写字:

> 三生石上起菖蒲
> 一寸九节标紫花

这句子是我杜撰的,想把平仄搞顺一点,实在不必要,意思已到,也就歇各。

菖蒲有几种:生在沼泽地是泥菖蒲;河边湖畔为水菖蒲;生于石上即石菖蒲,据说一寸九节最贵,而开紫花者尤其难得。菖蒲一般开黄花。我这幅字写的是正宗菖蒲,还有一种菖蒲,花店里常见,称作"插花之王"(日本人命名),是菖兰,或者叫唐菖蒲,很少有人叫"菖兰"或"唐菖蒲",都一厢情愿地喊它为"菖蒲花",以致正宗菖蒲反而少见。

我近来写过几首菖蒲花新诗,与正宗菖蒲无关,拿来说事的就是唐菖蒲,起因却与正宗菖蒲脱不开,缠绵终日。古语"菖蒲花难见面",照我理解,应该是石菖蒲之类的正宗菖蒲,这句古语做了我新诗起因,而脑海里浮荡着的不知道为什么却是唐菖蒲,因为它的华丽兼无奈?很少有像唐菖蒲那样华丽兼无奈的,美色之中围绕一带伤心碧。

石菖蒲,唐菖蒲,我都喜爱,有时候竟会把它们混淆一块:都有晚唐风味。石菖蒲郊寒岛瘦,唐菖蒲温李一脉,孟郊,贾岛,温庭筠,李商隐,他们尽管各有面目,有一点是一样的:耐看。像石菖蒲一样耐看,像唐菖蒲一样耐看。

我总觉得晚唐的诗比早(初)唐中唐的诗耐看。我一厢情愿地把唐朝诗歌史分成早中晚一天,唐诗的一天,多么不虚此日的一天!

石菖蒲唐菖蒲一样耐看,如果要区别,区别又不小。唐菖蒲更接近盛唐,石菖蒲更接近北宋,瘦骨嶙峋,透着股药气,仿佛黄庭坚文字。黄庭坚的文字里有股药气。我在另一篇随笔里说过:"吴梅村晚年的诗歌中有一种耻辱之痛,我在唐宋诗里都没读到,可说是扩大了诗人诗歌情感的感知广度",黄庭坚文字药气也是如此。只有平庸的诗人皱做一团。

黄庭坚写诗，倒还真有些开药方样子，这味药那味药东几钱西几钱，烂熟于心。作为写诗，并不足取。但他文字里的瘦骨嶙峋和药气，还是——实在是好。

我画过石菖蒲唐菖蒲，我在唐菖蒲上题"菖蒲花难见面"，有点指鹿为马；我在石菖蒲上题"花在心里"，这更不伦不类。不伦不类我喜欢，不伦不类的另一个说法或许就是天马行空。

悬铃木

"悬铃木"这个名字，很少有人叫，像大伙儿混熟了，往往不叫大名，或许大名都忘了。我记得的少年时期的伙伴，大都是诨名，现在路上碰到他们，简直叫不出口，比如"小卵泡"，比如"狗眼睛"，只得笑一笑，擦肩而过。悬铃木也有个诨名，叫"法国梧桐"。在法国，几乎见不到这种树，而在中国，你说"法国梧桐"，许多人知道，相反一说"悬铃木"，知道的人反而不多。从中也就可以看出，法国梧桐是和我们混熟了的。或者说我们和法国梧桐混得很熟。

我去过的城市，悬铃木种植最多的是南京。多得让我受不了——因为一到春天，悬铃木上的悬铃，铃声叮当：它的种子四处飘散，钻进耳朵，撞进眼睛，冲进鼻子，飞进嘴巴。它把匆匆过客一厢情愿地当作沉沉大地，弄得我独怆然而涕下，好像很有感慨的样子。虽说南京历来是让人怀古的地方。

悬铃木常常粗大，一点也不假的粗枝大叶，小孩们爬不上，就在树下等着，等风刮断树枝，好捡几个悬铃玩。悬铃形状有点像外壳尚未脱落的毛栗子，所以它还有一个诨名，叫"毛栗子树"。

而真正的毛栗子树，我们叫"栗子树"。

香 椿

我同学家的院子里有棵香椿树,香椿芽刚发之际,总是很突然的样子,像谁把鸡毛毽子猛地踢到黑乎乎的树梢上,鸡毛毽子晃晃,没有掉下。

我同学的父亲,照俗话说来是个粗人,但每逢院子里的香椿树发芽,顿时一脸细腻,他会站在香椿树下,看头顶的香椿树看上半天,看高兴了,就爬上去。

他穿一条"噼啪裤"——也就是大裆裤、免裆裤,穿的时候要把裤腰折过去叠过来,络绎不绝,气势恢宏,发出"噼啪噼啪噼啪"的声响,所以叫"噼啪裤"——虎背熊腰,我真怕他压断香椿树。

他采下几把,水桶里漂漂,让我们蘸盐生吃。

香椿树在江南并不多见,北京有"大香椿胡同""小香椿胡同",看来北京的香椿树是有谱系的,可惜我一棵也没有见到。我在北京和平里北街上见到过香椿树中的叛逆——臭椿,学名为"樗"。说起樗,来头大了:庄子喜欢它,喜欢它的无用。

叛逆是悖论,叛逆的基础是所要叛逆的事物,于是越叛逆,也就越抬举所要叛逆的事物。

樗叫"臭椿",是叛逆,是悖论;臭椿叫"樗"的时候是抬举,其中有学问。

西 瓜

别说吃你几个烂西瓜,老子在城里吃馆子都不问价(电影)!

西瓜藤,顺地爬,藤上开出小黄花,小黄花,结西瓜,绿皮红瓤甜又沙(童谣)。

暑天半个瓜,药物不用抓(谚语)。

天生白虎汤。西瓜具有消暑解渴之功,被称为天生白虎汤。它性寒,生冷,吃多了会伤脾助湿(老中医)。

西瓜属葫芦科,大多数学者认为西瓜起源于干燥少雨、阳光充足、气温高的非洲大陆,喜高温、干燥、光照充足的环境是其特点(常识)。

水果水果,看来首先是水。西瓜水多,虽然比不上十五六岁的椰子,但也是二十七八岁的女子。所以有些西瓜就有极其好听的名字,好像言情小说里的女人名。比如"早春红玉",比如"小兰"。"早春红玉"是椭圆小型西瓜,果皮极薄但不轻易破裂,保鲜时间长,耐运输，仿佛涉外婚姻里的女主人，她的果肉浓红桃色，糖度较高，甜蜜蜜的风味和品质，据说口感极佳。"小兰"是小型黄肉西瓜，传达出亚洲女人的风情，圆球形的喜庆，长球形的病态，皮色淡绿的衣裳上流淌着灯下青黑色的狭狭条斑……她在屏风后面洗着新月（闲聊）。

　　破瓜年纪，也就是十六年华，"瓜"这个字，由两个"八"组成，二八十六，十六岁，但我有时候觉得"瓜"这个字是"八八"——八八六十四，谚语曰"八八六十四，碰碰脱裤子"，人到六十四这个年纪，不吃西瓜也尿频（杂说）。

　　我喜欢圆头圆脑的西瓜，瓜皮的色底浓绿，条斑深黑，从上往下一笔到底，嶙峋而自信，不能被俗事拘束。

花

"云想衣裳花想容",我是拿支毛笔常常书写李白这一句诗。现在一回头,就能看到书架上我画的一张牡丹小品:

云想衣裳花想容此唐诗中鲜极之句多次题识百写不厌今日送小林零二年元月老车

我画了一朵红牡丹一朵黑牡丹,还有一片绿叶,绿叶有花朵那么大。为什么绿叶有花朵那么大?一不小心,它就那么大了。

"云想衣裳花想容"之鲜,既不鲜在云上,也不鲜在花上,鲜就鲜"想"。前一个"想"有仙气,后一个"想"有娴气,甚或妖气。欠缺之处少点闲气。我不是说闲气境界多高,只是近来人到中年,心境有时候不免有等死的时候,故觉闲气是很好的。我对自己也是奇怪,能够生气勃勃的同时又是死气沉沉。不说死气沉沉也是暮气沉沉。细想起来还是死气沉沉。生气勃勃是我日常功课，死气沉沉是我铁定命运。

学者说，"云想衣裳花想容"的"想"，就是"像"。这一"像"煞风景。

有闲气的是李白这一句："花间一壶酒"。其实这一句也算不上有闲气，仅仅铺垫，真正有闲气是接下来的"独酌无相亲"。朋友一多，闲气要少，两难之事。

对我少年生活有过美好引诱的是李贺"秦宫一生花里活"，这个句子，另外版本为"秦宫一生花底活"。"花底"的"底"更传神，其中大有奥妙。袁枚有方闲章"花里神仙"，我疑心就是从李贺那处而来，被袁枚这么一说，就透着肤浅、庸俗。袁枚的好处也在肤浅和庸俗之中，这中间有他极大的勇气——谁不肤浅我肤浅；谁不庸俗我庸俗。艺术实践上，勇气当然比学问更为重要，也与学问一样，具有盲目性、欺骗性，以致所谓的先锋派只剩下了勇气。真正的先锋是没有派的，他是那个领域里有学问的人，只是学问对他而言并不重要。

要知道简陋的学问就去看看论文，要知道深奥的学问就去看看眼神，我在培养甄别能力，从眼神中看一个人比从论文中看一个人更为可靠。也就是说我从一个人的眼神中更能学到知识。

所有能诉诸文字的学问都是简陋的学问，伟大的学问必然失传。

话说回来，失传也不要紧，因为伟大的学问之所以伟大，它是满足当下，时过境迁或许真没什么用处。这就是我一方面才疏学浅，另一方面也是敬而远之——学问的本质是实用，也就是使用的、施用的、适用的。

杜甫"花近高楼伤客心"，比"感时花溅泪"蕴藉，朴素，同时又难以描摹得多。"花近高楼伤客心"，这意境常常能够感到，要描摹出来却很难，所以杜甫尽管为它立了文字，还是有一种失传的感觉。杜甫是"花底圣贤"。

"莺啼若有泪，为湿最高花"，只有李商隐写得出。一个诗人大部分时间在写另一个诗人也在写的东西，只在一生中的一刹那，很短的影，很快的花，写只有他写得出的东西。而这些只有他写得出的东西又是把大部分时间在写另一个诗人也在写的东西终于当作铺垫。我说白居易的"花非花"，这三个字还是好的。

小林刚从地坛公园散步回来，她说：

"牡丹谢的已谢，开的还没开。104汽车总站边的蔷薇倒也茂盛。"

辛夷花和太湖石

三月中旬，江南玉兰就开白了。李渔说过，世无玉树，请以此花当之。众花之开，无不忌雨，而此花尤甚。故值此花一开，便宜急急玩赏。我没听李渔话，不料一夜春雨，再见到玉兰，它们在枝头上就好像一堆打破的瓷器，稀里哐啷，碎片上留着乌龙茶茶渍。

走在这样的玉兰树下，我有点小心翼翼。

后来我去体育场路看章太炎故居里的辛夷花，故居正在翻新，这一棵辛夷树居然不见。懊恼之余，瞥到院墙后面广玉兰半面苍绿半面老黄的大叶子。以前，我从没注意到院墙后面的广玉兰。

与朋友聊天一晚，今天早晨我看到楼下墙角边的太湖石。这几块太湖石模样老实，却不愚蠢，猜想是信孚里旧物。朋友能把公司办在这里，也是他的福气。我想太湖石旁如果有辛夷花，或许就是一个老实人忽然要飞，也是很好的。

金 鱼

东土城路，常有一个卖金鱼的中年男人，歇着一辆板车，车上摆满瓶瓶罐罐，瓶瓶罐罐里睡着金鱼。这些金鱼很少游动，睡着似的，偶尔挪挪尾巴，像我们在床上翻个身继续做梦，但绝没有我们动静大，床板咯吱一响，棕榈飘摇。瓶瓶罐罐里的水不会咯吱一响。有次我听到杯子里的水咯吱一响，杯子破了。这些金鱼的颜色一律鲜红。

一只瓶子或者一只罐子卖金鱼的中年男人一般只放两条金鱼。有时候一条金鱼孤独地睡着，很奇怪，瓶子或者罐子只有一条金鱼的时候，这一条金鱼就似睡非睡，或许床太大的缘故，它好奇地从这头睡到那头，又从那头睡回来。金鱼的床是水，瓶子里罐子里的水，我很满意。有时候三条金鱼睡在一只瓶子里——它们睡不着了，桃园桃花未开，三兄弟无缘结义，各自作着买卖，灵云不起。

我小时候读《三国演义》，喜欢张飞，讨厌刘备。我还喜欢典韦,他力气大。我觉得吕布是个英雄,貂婵爱他。佳人爱英雄比爱才子刺激,佳人爱英雄,热血配剑;佳人爱才子,砚台配墨,才子这一坨墨在那里磨啊磨,越磨越黑。咦,一眨眼,我怎么写到这里了。卖金鱼的中年男人操着河北口音,《三国演义》里河北人不少,卖金鱼的中年男人如果遇到刘备,说不定就是关羽。关羽是山西人,不卖金鱼,做大买卖,卖煤。关羽脸上大有财运,汉末就有煤矿的话,关羽肯定安心在家做矿主,放债,骑着毛驴上下班。

说到小时候,现在我对金鱼的学问还真没长进,小时候能够辨别诸多品种,现在只认识"水泡"和"珍珠"。这两种金鱼个性突出,认识等于不认识:一种金鱼脑袋扛着两团大眼袋,叫"水泡";一种金鱼浑身上下疙疙瘩瘩,叫"珍珠"。我颇为癞蛤蟆抱不平,癞蛤蟆也是浑身上下疙疙瘩瘩为什么大家讨厌?而浑身上下同样疙疙瘩瘩的"珍珠",大家就喜欢?后来知道世界上理所当然会有西施,也就理所当然会有东施,但癞蛤蟆疙疙瘩瘩却不是学来的。突然又想起一种,约叫"龙肿",额头肿出好大一块,走投无路四处碰壁的纪念,此刻倒接近老寿星年画。

有次,走了好长的路,去一户人家看"蓝麒麟",说是蓝色的金鱼。人家变卦,只给看品种平常的金鱼。我想也没什么稀罕的,无非像剪下一小块蓝天,泡在玻璃缸里。

有过,不想,就没有;想一想,没有也有。我想起叫"墨玉"

的金鱼，通体漆黑，黑得活泼，一点不死板。白瓷大鱼缸清水灌满，只养一条"墨玉"，闲时轻叩缸边，"墨玉"游动起来，王羲之《兰亭》也不过如此。还是没有。

有人，妄想培育透明金鱼，养在水里都看不见。这人是我，十一二岁时候。

前几年看戏，看到很不错的刀马旦，身背粉色，线条收得紧，而火红的鳍与火红的尾巴却放松开来，游刃有余。

鸟

说是回忆鸟,其实是麻雀。我见得最多的鸟是麻雀,麻雀之外的鸟我很少见到。动物园与电影电视里见到的不算。

鸟和雀有所区别吧,是不是个头大的叫鸟,个头小的名雀,我也不知道。

鸟是匹夫,雀是童子,它们都是会飞的人,而人都是不会飞的匹夫或者童子,也不是鸟,也不是雀。人在大地行走,像是灌饱墨水的钢笔,只能路上东涂西抹。

据说"不"的本意是鸟飞于天,鸟飞于天为什么是"不"?鸟飞起,对大地说"不"?对人类说"不"?还是飞起的鸟对不飞的鸟说"不"?

雀本来个头小,飞起了,就更小,成为"省"。被我们省略。所以我现在说到麻雀,只记得这两件事。

麻雀是不能养的,抓到的麻雀喂它水喂它米,它不吃不喝,像电影里决不招供的共产党员。抓到的麻雀常常难以过夜，第二天一早，往鸟笼里鞋盒里瞅瞅（常常是把鞋盒做鸟笼）：麻雀逝世。死麻雀的双爪挺得死硬死硬，好像两根洋钉。一天，我在路上走，见到一只摔晕的小麻雀，捡回家，放进鸟笼，竟然养活了——近二十天。有一天，我忽发慈悲，打开鸟笼放生，小麻雀它在小巷里飞飞停停，一只黄雀吓它一跳，小麻雀它飞上屋顶，这里看看，那里望望，大概觉得世界没什么了不起，身体一撅，翅膀一抖，拉出一点屎。拉出一点屎后，小麻雀它还是往屋顶下蹦，一头扎入鸟笼。我正在惊讶，我叔叔可气坏了，他养黄雀，以为"雅驯"，解掉小木棍，一放，黄雀哈哈一笑拍拍屁股飞走啦。黄雀前世读过唐诗，成为一去不复返的黄鹤，"黄鹤一去不复返"，此地空余黄雀笼。

  我母亲有位同事，以前是侦察兵，一手好枪法，退伍后分到邮电局，邮电局就这么大，没什么好侦察，也没什么好瞄准，丢掉好枪法可惜，他就去打鸟——也就是打麻雀。城里不准使用重磅气枪，他就到郊区。他姓曾国藩的"曾"，打麻雀打得郊区农民都认识他，给他取个绰号："王连举"。"王连举"是样板戏《红灯记》里的叛徒，在这里，却是夸奖，说他连连举枪，不但"连举"了，还弹无虚发。20世纪60年代和70年代，样板戏里的反面角色常常成为大家绰号，就《红灯记》这个范围，我认识的"王连举"粗粗算来有一百一十五个，有的身兼数职，比如兼职"鸠山"。"鸠山"粗粗算来有七十一个,别说座山雕、黄国忠和温其久。

就是到现在,为了联络感情,偶尔还会一用当年绰号:

"喂,是鸠山吧,我是王连举。"

"哦,鸠山啊,你好你好,好久不见,有什么吩咐?"

"座山雕明晚请吃饭,让你把温其久叫上。"

"要不要约柯湘?"

"你说她吗?哦,党代表,党代表不要。"

那几年,我在苏州城里见到过多的麻雀,麻雀不敢在郊区谋生,都来城里闲逛。

羊

我喜欢羊。山羊绵羊，我都喜欢。细想起来，似乎更喜欢山羊。山羊有种突兀感，脸面嶙峋。绵羊的线条——确切地说应该是块面，未免偏软。

我骑过山羊，没走几步，就被它摔在河滩的稀疏草丛中。那时我在陕西汉中铺镇，那一带有许多兵工厂，我跟随姑父姑母生活。红砖的四层楼，我站在楼道里，就能看到宿舍区也是红砖的围墙外面——土坡上的羊——好像全是山羊。我为了更清楚地看羊，与放羊小孩交了朋友。小羊倌与我差不多年龄，我是读三年级——但我有半学期没读，借口镇上老师的口音听不懂，姑父姑母相信了，就让我在家自学。好景不长，到了秋天（下半学期）还是把我送进铺镇小学，因为见我和当地孩子往来密切，帮他们混进厂区拣废铜烂铁，和他们去胡桃园偷胡桃，放火，堵烟囱口，把车间主任晒着的跑鞋扔进下水道，骑上一辆破黄鱼车往土坡下冲。姑父觉得我实在不听话，就非要我去读书。在学校里读书，羊见得少了，也就不说羊，说说我姑父。我姑父是学道路设计的，兵工厂里一点用场也派不上，他就到处找水塘钓鱼，练成钓鱼高手，常常要我给他的同事们送鱼。他对他的一个同事很好，我现在还记住他的名字——但暂时不写，我叫他"上海叔叔"。"上海叔叔"当然是上海人，白净，胖乎乎，胆小怕事，老婆与人有染，他也不敢吭声，他怕老婆。我姑父想帮他出气，总被他诺诺劝阻。我姑父五十四五岁时脾气还很暴躁，有一次在庐山上与黑店老板打了起来。我亲眼看见他与厂里小青年闹着玩，眼睛一眨，就把两个小青年丢到河里。我姑父年轻时候胆大包天，大学毕业去东北实习，遇到狗熊，向导都往后撤，他拗根树枝迎了上去。我去送鱼，只见"上海叔叔"蹲在床边，正给穿着红三角短裤的他老婆扇蒲扇，他老婆看到我来，一骨碌从凉席上爬起，竟把"上海叔叔"吓了一跳。

　　冬天了，我姑父就在家里做木匠活，他要给她妹妹做套家具，说是以后给她结婚用，那时他妹妹连男朋友还没有一撇。我姑母就在一边笑话他。他做木匠活是先做抽屉，客厅里堆满一只又一只大大小小的抽屉，以致让我觉得我们可以生活在抽屉里，夜晚关上，白天拉开。

　　说羊，变成说我姑父，幸亏还不算离题太远，因为我姑父他从不吃羊肉。

偶 记

我在蚊帐里大叫:"爸爸,快来拍蚊子!"

那天父亲他不忙拍蚊子,也钻进蚊帐,边看蚊子边问我:"你说蚊子像不像仙鹤?"

我说不像。他就给我讲《浮生六记》里的事,沈三白怎样朝蚊子喷烟,当仙鹤看。

从此我知道《浮生六记》这本书,但读到它,却已是近二十岁的青年人了。童年时候书籍匮乏,像现在唾手可得的《唐诗三百首》《古文观止》这类普及本,都很难见到。

小学四五年级时我跟一位老先生学习古文,老先生手边也没有书,他教一篇,就用毛笔在毛边纸上默写出一篇,把意思大概一讲,然后让我带回家去读、去背。只有等我背得滚瓜烂熟了,他才给我细讲。

手捧着大张毛边纸,我坐在天井里朗读,遇到我喜欢的句子,我就放大声音；遇到我不认识的字，我就停下，查词典，或者压低声音含混过去。

我现在还记得我学习的第一篇古文是《陈情表》，每读到"日薄西山，奄奄一息"时，我就笑出声来，很是愉快，心想太阳用什么工具把个西山给切薄了，像我们上课做小动作，用铅笔刀把橡皮削成一薄片一薄片。后来老先生告诉我，"薄"在这里，是"逼近"的意思，竟然使我若有所失。

我借到过半部《桃花扇》，幸亏是半部，因为我一个字一个字地抄了下来。

我童年和祖母一起生活，但每个星期六晚上会被父母接走，到了星期天下午，又被父母送回祖母那里。我在父母家常常吵闹——吵闹着要回祖母那里。后来不吵不闹了，甚至在星期六下午就盼着父母来接我，因为有一次我坐在父母的卧室地板上玩玻璃弹子，一不小心，它滚到大床底下，我也就爬到大床底下，那里很黑，只摸到一纸包又一纸包方正、硬朗的东西，其他什么也看不见。我找来电筒，又爬到床底，我已经忘记要找玻璃弹子了，开始研究那些纸包。那些纸是旧报纸，颜色已经发黄，手指稍微捅捅，它就破开。原来都是书。还没等我有更多的发现，父亲就在院子里大声喊我，他要送我回祖母那里了。院子里种满花，我以前临走总会缠着父亲剪下几朵，让我带走。父亲爱花如命，只肯把快凋谢的花剪下，给我之前还要用火烧一下花枝上的刀口，说是消毒，这样花就不会感染了，寿命也就长些。那天我脑袋里装满我在床底下发现的书，尽管还不知道是些什么书，就把花给忘了。我终于等到又一个星期六晚上，趁父母正与客人闲聊，我拿了电筒，拿了剪刀，连滚带爬地钻进床底。怀抱书籍的旧报纸虽然一捅就破，但捆扎它们的细麻绳却异常结实，我统统把它们铰断，抽出书来，灰尘气得发抖，封面在电筒昏黄的光圈中，即使素面朝天的封面，对童年的我——苦于读不到什么书的我——都鲜艳得仿佛月季花一样。我现在还记得《三曹诗选》封面是土黄的、《白居易诗选》封面是湖蓝的、郭沫若《女神》封面是曙红的、何其芳《预言》封面是草绿的……就从这黑暗的床底……尽管许多书我那时候都读不懂。现在也不敢说就懂。

西洋画本

塞尚

塞尚，被称为"现代绘画之父"，他做梦也没有想到。没想到可能更好。朝思暮想，急功近利，说不定能做到的也只是现代绘画之子。还是孙子，或者装孙子。现代绘画很容易装孙子。我不关心什么什么之"父"的说法，"父"这个字叉手叉脚，太刻划，太硬。我喜欢什么什么之"母"，比如"失败乃成功之母"。"母"字内敛，含蓄，湿润。但塞尚被如此称呼，挺合适的，"父"这个字与塞尚的画风有种匹配。

塞尚的画风是刻划的、硬的。说细一点刻划是他的艺术观念，硬是他的绘画结果。把他的绘画语言转化成文学语言，差不多就是海明威文风。

海明威写一阶段小说后，就会研究研究绘画。绘画会提醒作家在想象中的观察,就像文学能够点拨画家在观察中的想象。

《圣维克多山》塞尚画过无数幅,每一幅都是他的代表作——他的代表作是他一生的创作。圣维克多山在法国南部,塞尚故乡的山,他一遍遍地画它,像是爱。如果是爱,这种爱简直就是仇恨。爱是容易疲倦的事物,在塞尚这里,它却能一直如仇恨般绷紧着脸。塞尚的圣维克多山是绷紧脸的,塞尚的苹果是绷紧脸的,塞尚的瓶瓶罐罐是绷紧脸的,塞尚的人物是绷紧脸的,塞尚的自画像是绷紧脸的。

把他的画风用一个比喻表达,就是"绷紧脸的"表情。

塞尚《大浴女》,也广为人知。我发现它与《圣维克多山》的结构,竟都像一个"父"字。圣维克多山山顶和大浴女身后树干,是"父"字上半部分,一个圆锥体,而山顶下的建筑和树干前的浴女,是"父"字下半部分,一些隐隐约约完成的未完成的三角形、菱形、矩形和圆柱体。

他说:"(绘画就是)运用圆柱体、球体和圆锥体;每件物体都要置于适当的透视之中,使物体的每一面都直接趋向一个中心点。"看上去像学几何,看上去更像写大字:先把一个字用"永字八法"分解,然后再在米字格中组合起来。

高 更

　　塞尚，高更，梵高，"印象主义之后"的三位画家中，我少年时期热爱的是梵高。学习艺术，往往是从模仿艺术家的行为开始。梵高穷得只能吃土豆，我也就不吃巧克力。人近中年，我开始对塞尚的绘画有了兴趣。梵高是急不择言，塞尚是遣词造句。而我对高更却一直吞吞吐吐、欲言又止。高更也好像就是吞吞吐吐、欲言又止的样子。

　　高更去塔希提，并不像常说的那样，是对欧洲文明厌倦后的摆脱。起码开始并非如此。他去塔希提，主要还是生活所困，而法郎在塔希提比在巴黎更像是钱。还有就是他喜欢女人，塔希提有一句话："没有女人的男人就不是真正的男人。"也就是说没有男人的女人就不是真正的女人。

　　在《两名塔希提妇人》一画中，高更把土女画成两棵树的样子，一个土女手托木盘，高过腰际，让人产生幻觉，她的乳房也像是两只瓜果被盛在木盘，熟了，一伸手就能拿到。正因为如此，他在《生命的热情何在》这本书中，写到他识破妻子蒂呼拉通奸，竟写得纯洁又神圣，充满仪式感：

　　念完祷文，她走向我，眼睛里都是泪水，她说：

"你一定要打我,打我好多好多次。"

高更去塔希提的另外一个原因,是艺术策略。高更热爱安格尔,是因为高更对风景兴趣不大,他对人体才有兴趣。安格尔对欧洲女人皮肤的描绘可说是个集大成者,而后起的雷诺阿,更是欧洲女人的皮肤表达专家。所以这对雄心勃勃的高更,也是阻碍。他要绕开这两个大师的绘画语言,只得去塔希提画非白种裸女——在橙黄色的皮肤上,高更才能从安格尔、雷诺阿的光与色中跳开,去唤亮自己早搁上灵台的青铜油灯。

梵高

梵高的绘画作品,像开水。

也可以说血液沸腾。血液沸腾没几个人见过,炉子上水壶里沸腾的开水,大家都见过。梵高终究不是比喻(血液沸腾是个比喻),梵高是种事实,是种日常生活,像水开了,在我们面前。金黄的沸腾在陶罐里的向日葵,龙胆紫的沸腾在泥土上的鸢尾花,祖母绿的沸腾在星空下的丝柏,沸腾的麦田,河流,自画像上沸腾的神采,即使梵高画一双鞋子,鞋帮和鞋带也是沸腾的。沸腾的笔触,沸腾的色彩,但沸腾只是让我们看到的东西、痛快的东西,而在暗处,梵高是痛苦的,是恐慌的,痛苦是因为他自己也知道燃烧得太快,恐慌是因为他自己也不知道是什么燃烧得太快了。

于是梵高的绘画因痛苦而苦口婆心,他虔诚仁爱,看他的画如读《论语》,这样说有点不伦不类,但此中自有真意,不是欲辩忘言,而是何必多此一举呢;因恐慌而慌不择路,而急于表达,像水沸腾了,顶起壶盖,从四面冲撞而出。

"梵高的绘画作品,像开水",这个感觉来自我多年以前的生活。那时我在单位上班,走过传达室就会推门进去,拿一只暖瓶,提到四楼办公室去喝茶。有时去早了,水还没开,只得等在传达室里,抽支烟,敷衍几句,或者呆看大铁炉上的铝皮水壶。铝皮水壶的底显然刚换过,簇崭全新,让壶身更是鼓一块瘪一块了。公共财物少不了磕磕碰碰。我也不知为什么会觉得这把铝皮水壶的样子很世故,甚至丑陋,大概是工作环境的缘故吧。有一天,大概也该我点铁成金,我从磕磕碰碰的铝皮水壶身上,先看出一张脸,越看越熟悉,我阴差阳错把铝皮水壶看成梵高,我不由得站起身来,扔掉烟头,好像要和他握手一般。这时水开了,热气直冒,白色的向日葵和白色的丝柏膨胀饱满在传达室的房顶下。老传达要去灌水,我呵斥一声,他忙回头,问:"做啥?"我嗯嗯,自觉失态,说:"别烫了。"

大铁炉上的水开了,咕嘟咕嘟,热气直冒。梵高就仿佛是蹲在大铁炉上的铝皮水壶,虽说他头脑常常发热,但眼神亮堂,作品的容量也很大。这把铝皮水壶可以把传达室里汗牛充栋的暖瓶都灌满。

苏 丁

从苏丁《小糕点师》上，我看到不安。小糕点师像教皇、国王、大师坐在椅子上，搭足架子，构成仪式感。这幅画仪式感越强，我越不安，接下来是帽子夸张的造型，它像是被强力撕开的。在小糕点师分崩离析的帽子下，拽长的脸如果不这么一脸无辜，倒有点像早有预谋的卡夫卡。

用白纸把小糕点师的帽子和鼻子以下全部遮住，真像卡夫卡，尤其是这对耳朵。卡夫卡的耳朵极富表情：倒霉、背时、不走运，这对耳朵也是如此。作为这幅画的过渡，是小糕点师细长的脖子，以至于使脸也成为可有可无的末事。格里高尔·萨姆沙梦见自己是一只甲壳虫时，就能很方便地为可有可无找到理由。把小糕点师肩膀以上全部遮住，我们像看到一个正在破碎之中的骷髅头魅影，或者后来在好莱坞科幻电影中出现的"象人"大特写。把小糕点师两腿以上全部遮住，小糕点师制服下摆就有衣领的幻觉，这种领子似乎在托尔斯泰、陀斯妥耶夫斯基的小说插图上见过。我们就像看到一件庄园里东欧仆役的外套。我用白纸把小糕点师两腿以上全部遮住后，会突然忘记小糕点师，会猜想高出这种领子之上的会是一张怎样的脸呢？我感到难过，因为他已饱受损害与侮辱。

苏丁的绘画奔放着人道主义光芒，但却像荒夜一样不安，甚至恐怖。他在对象和技法上无疑都受到梵高影响，但却死不承认。这也是艺术家通病——古怪的骄傲。

《小糕点师》是幅杰作。杰作并不是没有瑕疵，小糕点师两手捂住的一块鲜红，是红手巾还是制服沾上食品色？戏剧性得像中了子弹。如果苏丁想以此来暗示抑或强调他的不安，其实低估观众的智力。艺术家创作之际，老怕别人不明白他的意思，那么这位艺术家不是神经质，就是狂妄。

卢梭

是一种想象，卢梭的绘画。想象的风景，想象的风景中的动物……只有想象是个无底洞。在洞的四周，长满潮湿的东方美人藓、月光苔、紫金木、玻璃柚枝、黑茶树。还有大片小片的锯条草。

卢梭的绘画，像一座照相馆和一座标本室。悄无人声的诡异，或者说鬼气。不正常的氛围让一部分人不能自拔，一部分人敬而远之。他的风景像是乡村照相馆里画得红红绿绿俗不可耐的布景；他的动物像是学院标本室里做得大大小小装模作样的标本。

而卢梭的人物，又统统都像蜡像，滑稽中有种逼人的呆头呆脑。

卢梭是一个创作多年对自己的艺术感觉极其良好而别人总觉得他不在路子上的画家，正是这一点，卢梭独一无二。

卢梭的绘画，它是俗不可耐的、装模作样的、呆头呆脑的，但荡漾出常人难以道出的诗情。

卢梭既不点铁成金，也不化腐朽为神奇。卢梭的绘画里，俗不可耐还是俗不可耐，装模作样还是装模作样，呆头呆脑还是呆头呆脑，卢梭只是把它们加在一起，卢梭不厌其烦地做着加法，一会儿笔算，一会儿口算，答案没有对过。正是这一点，卢梭说三道四。

一般情况下，我们在一本俗不可耐的作品中，除了发现它的俗不可耐之外，一无所有。我们如果能在发现它的俗不可耐之外，还能发现它是装模作样的，那么，这基本上已不是拙劣之作。我们如果能在发现它的俗不可耐装模作样之外，还能发现它是呆头呆脑的，那么，这基本上已是杰作。因为它坏出了性格、坏出了丰富多彩、坏出了名。庞德的诗，在我看来之所以好，就因为写得很坏，所以比写得很好的艾略特和写得很好的威廉斯要出奇得多。尤其对一位成熟的作家而言，写坏一本作品，其实和写好一本作品一样困难，甚至更加困难。因为他常常写得不好不坏——瘟掉。

写坏一本作品，写好一本作品，都有可能凤凰涅槃。而现在多是抱窝的家禽。

艺术上的坏是什么？异想天开！

马蒂斯

我曾把马蒂斯听成"马踢死",谐音,谁让他是"野兽派"呢。直到后来看到他的作品,才知道马蒂斯抒情又单纯,以至有点甜蜜蜜,以至有点心太软。"野兽派"这个说法,只说出当时法国艺术趣味的苍白脆弱。

马蒂斯的绘画,打个比方,像袁枚诗文。其中都有一种"花里神仙"的气息。"花里神仙"是袁枚的闲章。袁枚风度翩翩,马蒂斯则含情脉脉。这个比方从另一形态上讲,就是说马蒂斯和袁枚一样,喜欢他们的是真喜欢,不喜欢的就是喜欢不起来。喜欢的觉得轻盈,不喜欢的觉得肤浅。而在我看来,两个人,一个像是吃香喝辣的土财主,一个像是流光溢彩的洋老板。

马蒂斯绘画确实流光溢彩。袁枚《随园诗话》里记有一则轶事,他的花工见到桃树开花,说:"著一身花矣。"看马蒂斯正是这个感觉,"著一身花矣",让人愉悦。

斯坦因在《艾莉斯自传》中,对马蒂斯调侃多多,早年她和他却是好朋友。斯坦因写过《画家的三幅肖像》这一篇随笔,分别是塞尚、马蒂斯和毕加索。斯坦因是这样描述马蒂斯的:

他当然清楚地表现了某种事物。一些人说他没有清楚地表现任何事物。一些人肯定他非常清楚地表现了某种事物而且一些这样的人说他会成为更伟大的人物如果他在表现时不是如此清楚地表现的人。一些人说他没有清楚地表现他正在表现的而一些这样的人说努力去不清楚地表现的伟大性使他成为一个完全伟大的人物。

　　这一段文字抄得我头胀，斯坦因喜欢拗口，为使我们的阅读不落流畅的惰性而昏昏欲睡。不料这样的文字一读多，倒有催眠作用，睡着了。这是对马蒂斯最早的评论，只是斯坦因的文风比马蒂斯的画风走得更远，更像是对毕加索立体主义时期的词语性复述。

　　《餐桌（红色的和谐）》这幅画，是马蒂斯早期之作。马蒂斯以后画风基本都在这张餐桌上摆出了。只是以后更自由更干净更简洁，如《门》之类的作品，还不无抽象意味。马蒂斯一生是个具象画家，毕加索也是如此。

　　画中的女主人公是马蒂斯妻子，马蒂斯发迹，他妻子最高兴的是不用再做模特了。马蒂斯后来画大裸女，都是雇来的。有的画家常年以妻子为模特，不是夫妻恩爱，恰恰是贫困的证明。

毕加索

谈论西方现代绘画不说毕加索，就像谈论中国革命不说孙中山，都是不可思议的。孙中山结束一种社会形态，毕加索开始一种艺术方向。

毕加索是缺乏诚意的天才，如果我站在诗人立场，就会这么认为。毕加索很会利用诗人。他早年利用阿波里奈尔，晚期利用科克托。但从人情世故而言，所谓利用，都是相互——需要。毕加索利用阿波里奈尔之际，阿波里奈尔同时也利用毕加索，他要通过毕加索的艺术实践来宣扬自己的艺术见解和艺术主张。毕加索后来利用科克托的聪明，科克托利用毕加索显赫的名声和过剩的财富。这很能给人教训，就是一个艺术家不能与另一个艺术家关系密切，艺术家与艺术家之间没有友谊。要想成为艺术家，最需要的品质是孤芳自赏孤陋寡闻和独立思考独往独来。简而言之就是三教九流，独不与同行相游。

尤其在信息时代，孤陋寡闻就是独往独来的驱魔宝剑。你不需要那么多。少，回家的路从来少得只有一条。

粗枝大叶地把艺术家分组讨论，大约有两类，承认历史承认现实的一类，和不承认历史不承认现实的一类。毕加索是后一类。他的绘画里有一种改造世界的汪洋大海的激情，有时感到强迫。毕加索无疑是雄辩的，他能强词夺理，因为他更能自圆其说。毕加索曾对某位收藏家说，大意是他的作品是垃圾。也就是说毕加索意识到他不承认历史不承认现实的绘画作品，已成为历史和现实的一部分。艺术常常是会闹点恶作剧的，有时甚至——艺术就是人类的恶作剧；而历史与现实一声冷笑，不承认它的历史不承认它的现实，偏偏让你成为历史和现实的一部分。它嘲弄了你，第二声冷笑。艺术家和历史和现实格斗，最后赢的是历史和现实，因为艺术并不站在艺术家那里，艺术站在历史和现实一边。

　　毕加索画画，仿佛捕捉小鸡的老鹰，他扑下来，稳、准、狠地出击，具有古典艺术中楚楚动人的到位：天赋在我这里。

夏加尔

　　夏加尔：飞翔的人；做梦的人。人飞翔，是一场梦；人做梦，不一定在飞——在梦中飞翔，梦见自己飞翔。许多人梦中坠落。

　　在梦中，能看见别人飞，也是好的。夏加尔早年的作品，像一根羽毛。"一根羽毛在飞／飞在仅有的一根羽毛里"，这是我以前写的诗，拿来放到夏加尔头上，作为描述，并不捕风捉影。

　　夏加尔晚年的作品，则像一架飞行器闪烁其词。

我自以为是地划出夏加尔的两个时期:"羽毛时期"和"飞行器时期"。"羽毛时期"可说是直觉的、天赋的时期,"飞行器时期"可说是文化的、技术的时期。一开始仰仗自己的直觉,后来更多依赖文化;一开始仰仗自己的天赋,后来更多依赖技术。夏加尔和其他画家走的道路看上去大同小异,实质小同大异:他把所依赖的文化,作为材料处理时先直觉化了。而他的技术,也是他天赋的结果。艺术就是如此,越深入,越会一不小心弄丢。一个人的才华,说到底是对自己直觉和天赋的识别和爱护。

所以夏加尔能够在晚年的飞行器上粘满羽毛,而早年的羽毛也有飞行器形状。

《在小镇的上空》是他"羽毛时期"作品。这一幅画中的男子像在抢婚。更像在劫持人质。相爱的人是爱情的人质。也像私奔,女子在那一刻犹豫了,男子话不多说,抱起她就跑,绿马车在白桦树后蠢蠢欲动。只是我担心这个敏感瘦弱的男子,怎么抱得动她。所以只能飞、飞翔了。

这幅画里有点怕。由于我热爱幸福的缘故,所以更喜欢他安详的《散步》和惊喜的《生日》。这三幅作品构图近似,两个人物也都是夏加尔和他妻子贝拉。记得夏加尔自传中有这样的话:

> 我是第一次见到她,我的确感到害怕。于是我明白了:这才是

我的妻子。

夏加尔是飞翔着做梦。仰仗着直觉,他飞翔。而依赖的文化使他做梦——他又一次梦见飞翔,并没有从梦中坠落。

德尔沃

一群少女紧闭着嘴,却叫《合唱》。这是一首沉默的诗。因为诗尽管也被称为诗歌,只要写下来,并不需要唱出。

德尔沃深受契里柯影响。他说:

契里柯画出了沉默的诗歌、怀念的诗歌,他是空幻的诗人。

这句话差不多夫子自道。德尔沃的空幻,表现在画面的各个部分实有其事,但组织在一起就虚无缥缈。这种虚无缥缈有时反映在技法上,而德尔沃不仅仅剩下技法,他绘画像在做梦,也就是说他构图之前已先梦见。

他画完一幅画,是做完一个梦。而我们看画,又是在听他说梦。说梦比做梦更不合逻辑——做梦是不真实的真实,说梦是真实的不真实,用真实的不真实去说不真实的真实,这是幻觉,德尔沃的幻觉。

因为合乎逻辑和不合逻辑同属幻觉上的意义。

但梦大抵是戏剧性的,德尔沃带着少女、骷髅(如他《自然博物馆》)或耶稣(如他《钉上十字架图》)的面具,独自在舞台上说梦。这个舞台是黎明。说梦可以有多种形式,话剧,歌剧,木偶剧。但德尔沃偏偏上演的是哑剧,还放慢节奏,像是时间停止。更让我说不准。

德尔沃的绘画是一块缺失时针与秒针的手表,提醒时间的存在,但不在附近。

或许可以这么说,现在到底几点钟了德尔沃并不想告诉我——因为这是一首怀念的诗歌。怀念的诗歌,拒绝此时此刻。

《合唱》这一幅画,画了很多少女。我都懒得计算。有人问德尔沃为什么你作品中有这么多女人?德尔沃说:

因为她们美,她们有吸引力。

他的所有作品像是一幅画,因为人不能选择性做梦。《合唱》中的这些少女也像是一个少女:德尔沃在这一个少女身边置放了无数面镜子。

波洛克

美国好艺术家的出现好像都男女搭配，成双成对。好像也有一个好莱坞模式。诗人是惠特曼和狄金森，南方作家是福克纳和波特，画家是波洛克和欧姬芙。

波洛克和欧姬芙是美国现代绘画界的英雄。尤其波洛克，因为他的作品努力背离欧洲风格——这是许多美国艺术家一生的工作，从勃莱诗歌《反对英国人之诗》中就可以看出——由他开始发展出一种美国化的绘画，更被当作神话。

美国人把波洛克的作品当作神话；把欧姬芙的生平当作传奇，看来这既是一个容易轻信的民族，也是一个不失好奇心的国家。

波洛克作画，不像一般画家那样要绷画布，他把画布直接钉在地上，像一匹奔跑在自己领地周围的牡狼，波洛克转着圈，绕着它画。而他使用的工具，更多时候是木棒、泥刀。

他提了一桶掺上沙子、碎玻璃的颜料，在抛在撒：抛金弃鼓；撒豆成兵，像一场屡败屡战的战事。

看他作画，大概会像在电视里看《动物世界》，波洛克在撕，在咬，在吼，在叫，在吞，在咽。什么都像，就不像画画。画布上血肉模糊，或者说画布像一块血肉模糊的血肉。

我看过波洛克一个纪录片片段,不知是不是他面对摄像机缘故,他并不像他的画面那样霸悍。他甚至有点——羞怯如一个刚出道的泥水匠,"我听见一个泥水匠在歌唱",这是惠特曼诗句。

看到波洛克的绘画,如果碰巧想起惠特曼的诗,也很正常。

这个刚出道的泥水匠站在屋顶上歌唱,看到有人看他,就不唱了。

马列维奇

马列维奇,我爱!

"模仿性的艺术必须被摧毁,就如同消灭帝国主义军队一样。"

西斯利

我童年时爱雪,我少年时爱雪,我青年时爱雪,现在人到中年,竟然还爱雪。我对自己感到奇怪,甚至惊讶。因为我很难一以贯之,常常半途而废。这么爱雪,以前我认为是故乡能够几年不下雪的缘故,物以稀为贵吧。后来在北方生活,忽忽年关飘雪,茫茫岁末封门,却更一往情深的样子。总得想出点理由才行。

瑞雪大概如满月,有种东方文化趣味,有种农业社会趣味,合乎中国人性情。这实在也不是理由，结果并没有想出。

早晨醒来，突然白哉。最神秘的雪，下在深夜。

积起的雪，总积在附近的房子上、树上、冰河上、桥上、马路上、电线杆上、角楼上、城墙上、山上。说得确切点是雪总积在附近的房顶、树杪、冰河外沿、桥边、马路两侧、电线杆上面的瓷瓶、角楼平台、城墙垛口、山头。

而屋顶、树杪、冰河外沿、桥边、马路两侧、电线杆上面的瓷瓶、角楼平台、城墙垛口、山头，本来就是一座房子、一棵树、一条冰河、一座桥、一条马路、一根电线杆、一座角楼、一带城墙、一脉山的附近。附近白哉。

雪下的时候或许是中心，但只要它一静下来，就在附近了。它是附近。

我嗅着它饥寒而又温饱的气味，知道这是一场不同凡响的雪——是西斯利、1878年和卢维希安的雪。

《卢维希安的雪》，西斯利1878年所作的一幅布面油画。西斯利抓紧1878年卢维希安的一场雪，如今，这一场雪依然下着，依然积在附近。而西斯利、1878年和卢维希安都融化殆尽。

只有时间的中心是安静的。只有时间的中心是安安静静的，因为这个中心不在中心，也不在附近。它就是附近。

猜谜语

人在荒芜的日子里，才产生猜谜语的兴趣。我是这样想的，但并没有多少支持。从另一个角度看，谜语是喜庆的形式，这在逢年过节、元宵灯会上都有表现。我读小学的时候，寒假暑假常常到乡下去住，尤其寒假，也是亲戚们农闲，一大早的，他们就坐在客堂里，泡了壶茶，围紧八仙桌闲聊，猜谜语也是闲聊内容。许多谜语毛都脱光了，只要有谁不知道，他们就会让他猜，笑眯眯地讲完谜面后，把谜底紧紧攥在手里，喝一口浓茶，神色之间流露出智力上的无限优越感。于是这个人说一条，那个人说一条，谜语越来越多，八仙桌上长出垂柳。

孵鸡孵在手里，
尾巴翘到嘴里。

"猜猜看，猜一样物事。"

那个人搔头挠耳（真是少头脑耳。子路问孔子为何宰予常常搔头挠耳，子曰："少头脑耳！"孔子是个很会玩笑的人），搔头挠耳一阵，还是没有猜出，边上就有人提示：

"你天天要用的。"

"天天要用的"，那个人嗯嗯，突然一拍后脑勺，说，"晓得哉，晓得哉。"

大家就让他说。那人很得意，放大了声：

"茅坑！"

大家笑作一团。那个人望望，心虚了，翼翼而问：

"不对吗？"

"不对。"

"啥不对，不是你讲天天要用的。"

"天天要用的只有茅坑呵，我看你老婆你也天天要用。"

有个老头子笑得呛出口茶来，不停咳嗽。

"猜不出，猜不出，讲给我听吧。"

"真猜不出呵，桌子上就有。"

那个人已经被大家笑懵了，现在就是把八仙桌吞下去，估计还是猜不出。这时有人揭了谜底：

"茶壶。"

"茶壶?不对不对,我就不天天要用,"那个人嘴还硬着。
"那就再给你猜一个。"

>   孵鸡孵在中央,
>   尾巴翘到梁上。

"这还用猜吗!"
"你说是啥个?"
"大茶壶。"
从此那个人得了"**大茶壶**"绰号。这条谜语的谜底是——"灶头"。

在乡下,最让人**快乐的**,是一种谜面开荤而谜底吃素的谜语:

>   起来一条缝,
>   进去一个洞,
>   闻闻臭烘烘,
>   摸摸软东东。

谜底是"罱河泥"。这类谜语很多,有钓鱼、插秧、割稻、摸螃蟹、种瓜、挑担、纺线,等等,等等,简直是一部江南农事诗。

有人给我猜一条谜语，谜底是"水红菱"，谜面是这样的：

> 塌水桥头一棵菜，
> 十人走过九人爱。

我至今还没有搞明白，长在水里的植物多了，茭白，鸡头米，藕，就是菱也有多种，为什么谜底偏偏是"水红菱"，就不能"乌菱"或者"和尚菱"？当时，我们在茉莉花地里抓螳螂，一个比我大几岁的小姑娘给我猜的。这不是寒假，应该是暑假的事了。我把我深刻的怀疑告诉这个小姑娘，小姑娘不耐烦了，手一挥：

"街上人就是笨，乡下都这么猜。"

我去的那个乡下，把城里人叫作"街上人"，他们祖祖辈辈种茶花为生。他们是花农。

我们是赤裸的

1. 我们是赤裸的。所有灯光熄灭,黑暗的玫瑰它涌动水分,愤怒的深红色。

2. 我们是赤裸的灯光,黑玫瑰这愤怒的深红色。

3. 我们是赤裸的深红色,没有玫瑰。

4. 胆怯是另一种更强烈的、不可预见的勇气。

5. 你钻进烟囱,往下掉——下面是灶台。没有什么比饥饿更激动人心。

6. 而激动人心的一代人,都发胖了。

7. 在象牙一头，是一头虚无的大象。在象牙另一头，雕刻师准备雕一头大象——艺术是幸灾乐祸和掩盖真相的。

8. 象牙塔里，看风景的人虎视眈眈。

9. 绝望总是比希望少。我的朋友，你的肖像是蓝色的。在椭圆形的镜框里，那些蓝色，仿佛大海的眼皮。它在快乐地眨动。由于强大阳光，你蓝色肖像，友情中透明的水晶，日常生活里的珍宝。

10. 你肖像的蓝色，接近湛蓝。

11. 手指上大河的味道，割下的蓟草，一首逃出文字的诗，涉过我们的手稿羽化。

12. 手稿一旦从梦中醒来，意味我们又要去追赶一个白天。手稿在自己的梦中洗脸，快醒来了。它干干净净地梦见粉红的雪，融化成随风飘舞的花衫。愿它的梦更长一些吧，愿它学会冬眠。愿我们的女儿们学会冬眠。悄悄成长吧，把梦做得像份手稿，就是说离完成之日还隔——最近的印刷厂也在十公里外。

13. 形象总是准确的。某种形象只能是某种形象的标准：尺的形象，是尺的标准。

14. 死亡是对生命的肯定，所幸只有一次。要不，让人信服的理由也就不够充分。

15. 拐弯呵，猛然见到的明月使我摇晃，就像当头一棒。

16. 头顶的枯枝。飞鸟。药房。杂货店的门哐哐作响。大风，你的生命，你的生命也与不安联系一起，你的生命，说吧，说吧，说吧。

17. 听者是谁？而说者又是谁？黑玫瑰这愤怒的深红色，又在晚睡者身上出现。

18. 我感到难度，因为不放弃。难度是放弃，不放弃也就没有难度。而一切文本都是有难度的。或者说：一切文本都是放弃。

19. 我第一次看到这么优雅的白鸟，或许是飞行优雅，在写这一段时。我不知道凭什么觉得它是另一只白鸟。

20. 但并没有班车会再到这里。鉴于匮乏，所以我们泛滥。他在时间的眼皮底下修理钟表：在场者早退了；迟到者说他发现不在场者。金黄，透彻，冷峭，变硬下一块糕点。

21. 大街上走动一根又一根琴弦，我要的却是绳子。

22. 我在创造之际阅读它，我在背叛之际摹仿它。

23. 断裂，迸散，铁匠师傅老车站在铺子前，说，今天的工作餐真差。

盛夏的声音

天气热,大家都把窗户打开,声音跑到外面。大的声音。小的声音。大大小小的声音。大声音压住小声音,小声音挺倔,不时从大声音的缝隙中挣脱出来。

火车隆隆开过,铁路两侧的野草,抬起头来的声音。

我一早就醒来了:锯木的声音。一把锯子,一把电锯,在一棵声音上走来走去。一棵声音倒下来,因为我还没有醒透,所以看见一棵大树……这是幻觉。人们搬了新家,装修房子,大树上的鸟,四散的声音。鸟巢坠地,人占其中。人的声音是大的声音,比鸟鸣大,压住鸟鸣。

我还是听到鸟鸣,因为我醒得早。因为,我还是听到鸟鸣。

我听到流汗的声音,吧嗒吧嗒,我流着汗,一簇树叶积满雨水。我觉得自己是只钟表,吧嗒吧嗒地走,它不准时,出了故障:在夏天走得快。吧嗒吧嗒,走得多快——满街的身体钟表,走到盛夏,像走到头。

　　上午接到三个电话，长途跋涉而来的声音，却不觉大汗淋漓，也不觉风尘仆仆。我想，没有比出声更容易的事了，让它也弄出点声音、声音来吧。听到声音，找到借口。

　　黄昏时候，盛夏的声音变闷了，偶尔一丝风，一如刀割薄绸。

　　大水，酷暑，我们这一代人都赶上——搬了新家。

白烟囱

上午,一个工人粉刷烟囱。烟囱原先是灰色的,现在有一小截已成淡蓝的了。

下午,两个工人粉刷烟囱。烟囱原先是灰色的,现在有一大截已成淡蓝的了。

傍晚,我原先以为会看到三个工人粉刷烟囱。烟囱原先是灰色的,现在已成淡蓝的了。但一个工人也没有看到。

第二天,也没有看到一个工人。露在一大截淡蓝上面的灰色,像是吸烟的知识分子沉思着,忘记掸掉烟灰——长长的烟灰,我真怕它猛地掉下,掉在经典的书籍之中或者干净的地板之上。没有粉刷完的烟囱,是戏剧性的,它的戏剧性在于我看到它时,它就随时准备崩溃、自暴自弃。

又过了几天,我去阳台看火车——不远处有个货运站——火车停在那里老是不动——我就看到一个工人又在粉刷烟囱。只剩烟囱顶部是一条灰色了,像玻璃杯口手描金边。这一条灰色触目惊心,无意中提高淡蓝品位,使它变化,比较,跳跃。这一条灰色使烟囱高了。

现在,烟囱已全部淡蓝了。天是深蓝的,淡蓝的烟囱却并没有融进去,反而比灰色时期更显得突然,尴尬。或者这样说,它使天看上去是不修边幅的样子——忘记拉上拉链。

现在,不知什么缘故,我把这淡蓝的烟囱,看成白色的。细想起来,是这么一回事吧:有一天,我去阳台看火车——不远处有个货运站——火车停在那里老是不动——我猛一看,看到烟囱。因为是猛一看,我就把烟囱看成小丑脸谱上的鼻子。小丑的鼻子照例都是白的。

而更多时候,我看到一个工人粉刷着烟囱。烟囱原先是灰色的,现在一小截已被粉刷成淡蓝,粉刷没完没了,停在那里的火车不见了。

张宗子

绍兴人张宗子的《陶庵梦忆》，我在苏州粗粗翻过。我自己并没有这本书，当初是问谁借的，现在已经忘记。对不起，对不起。我某一阶段基本上不买书，道理一个，没有买书钱。但书也没少读，厚着脸皮向人借——那时娱乐活动匮乏，读书人也多，况且还多多少少有些个性：他喜欢收集古典文学；他喜欢收集西方现代派作品；他喜欢收集历史；他喜欢收集地理；他喜欢收集民间唱本。不像现在读书跟着排行榜转，排行榜上此书有名，大家就去买来流行。

我二十多岁之际，买书很注意看版权页，印数在几百本上下的，即使一时用不着，一般我也买下，心想中国这么多人口，就印这几百本，顿生怜惜。再说万一要用，去借，能够借到的话，也是瞎眼海龟撞上漂木。我看到印数过万的，即使喜欢，我也不买，心想总有借得到的时候，从中也能看到我当初借书热情。

后来寄身北京，把《陶庵梦忆》从头再读一遍，睡在躺椅中，双脚搁在暖气片上,这是神仙日子。我读的是"作家版",错误较多,问题也不大,因为我看他一个题目,心里已经是读过的感觉,尽管他写些什么我并不知道,也不记得以前读过与否。

张宗子是一截松紧带。

张宗子是一截松紧带,绕在腰上,不紧不松,恰到好处。把他放在明清散文大背景里,"竟陵派"太紧,搞得腰部生痒,气血不畅,而"公安派"总让我担心裤子会掉下来。但"竟陵派""公安派"还是比"桐城派""阳湖派"要好,尤其"阳湖派",几乎不懂文章之道。

郁达夫

四月初，去通县朋友家的草坪上烧烤，微风疏疏，落日溶溶，我说了句"春风沉醉的晚上"，妻子就笑。她在编我散文集时，已经几次读到这个句子。这是郁达夫一篇小说的题目。这篇小说写到烟草女工——据说是五四时期第一篇反映工人阶级生活的小说。郁达夫还有一篇小说的题目我也很喜欢，叫《杨梅烧酒》。因为我居住苏州时，年年都自制杨梅烧酒。杨梅烧酒可说是药，治疗腹泻非常有效。郁达夫的小说思路非常个人化，大体而言，有点落魄。尤其是游记日记一类的文字。《杨梅烧酒》讲的是一个落魄小知识分子的发财妄想。妄想就是腹泻，只是杨梅烧酒并不管用。

一次，郁达夫上酒馆，埋单之际，从鞋子里掏出几张钱，说："平日里总受它的气。"

在郁达夫所创作的小说中，我最喜欢的是《迟桂花》，这篇小说与鲁迅《在酒楼上》、周作人《初恋》和沈从文《边城》，放在一起阅读，大有意味。

　　如果要对郁达夫的审美趣味作些关注，就不可忽略他的书法。郁达夫书法，书的是才情之法。我见过他的一个条幅，散散松松地写来，如灯花坠月，似柳枝逆风。更像一个人塌着肩膀回家，倦了，累了。在"五四"名家中，郁达夫写作，取的是斜姿。这斜，是"竹外一枝斜更好"的斜。不觉鸡叫头遍。

沈从文

沈从文夫人张兆和与我故乡苏州有点关系，她是七岁时候随家从上海搬到苏州。她是安徽合肥人。她的弟弟张寰和，也就是沈从文郎舅，做过我去那里勤工俭学的一所中学校长。沈从文《月下小景》，就是写给他的。那一年沈从文到苏州向张兆和求婚，不太顺利，张寰和用自己的零花钱，给沈从文买瓶汽水，这使沈从文感到莫大安慰。我听张校长说起过巴金，没听他谈论到沈从文。他怕我不知道吧，我还真不知道。一直到离开张校长，在社会上学习写作，方才读到沈从文作品。而张校长却再也没有见过。

沈从文作品，一读就迷，那时我已二十岁，差不多该有头脑了。迷恋他的作品，竟径直迷恋到他的民族，以至我在填履历表"民族"一栏里，填上"土家族"。只是后来领导找我谈话，说真是少数民族的话，将有些政策性照顾。我才很不情愿地改回"汉族"。

说来也奇怪，沈从文的作品我读得并不多，而且常常没有读完。

就像走过一片草地，嗅到青草绿袖飘飘的气息，也就不需要再在草地上坐下身子，拔一把草带回去。

沈从文文章的妙处，在于拖泥带水而不浑浊。这是一只干净的杯子所盛起的泥水，泥沉杯底，清水浮了上来。但他并不把泥倒掉。这泥，是他的野性，是他的生命力，也是他隐密的话语。后来一些向他学习的人，只有清水而无泥，显得小器。

老 舍

  日本作家水上勉的《蟋蟀罐子》，是我读到老舍作品前先读到的有关老舍文字。前几天我逛琉璃厂，想到老舍先生，我觉得他身上有一种现在中国文化人少有的过日子的劲头，或者说他把握世俗快乐的原则。快乐的人，必定是对生活有深刻洞察力的人，必定是内心富于诗意的人，必定——甚至还怀有绝望。老舍他种花、藏画，像他写相声、鼓词一样，是他生命中快乐的自然流露。快乐总是不做作的，总是从容。

  老舍作品，给我印象最深居然是散文和古体诗词，其次《茶馆》。老式的茶馆，在江南一带，还偶有所见，或许在那里能找到老舍：他的手搭在茶壶上，瞧着窗外一片鸡毛。这一片鸡毛，怒发冲冠般从污泥中一跃而起，飞进天空。这远离我们的晴朗蔚蓝的天空。

  快乐的人也会愤怒。只是有时候，更感到绝望。十四五年前，我二十余岁，读老舍《月牙儿》，一抹挥之不去的凄迷雾气，绕在我身体上了。

  有人说巴金是一个民族的良心,我说老舍——就是一个民族的生活。水上勉《蟋蟀罐子》具体说些什么,我也忘了。我想蟋蟀的家园并不在蟋蟀罐子里,应该在瓜棚间,应该在豆架下。传说老舍曾经种过一架紫白相杂的扁豆,不是为了吃,是让夫人吴絜青写生。

我的朋友邹静之

你的朋友胡适之,我的朋友邹静之。

静之是个古人,在北宋与南宋之间,开足芍药的院子里,自然有一番人事。为什么不说静之是盛唐人,我终究觉得牡丹虽然烈性,我终究觉得牡丹还是奢侈。而烈性却不奢侈、自然有一番华丽——自然有一番华丽的还是芍药。盛唐牡丹,在北宋与南宋之间开足花朵的芍药,自然都有一番人事……

我写到这里,决定打住,这样写静之,没几个人能明白。

我写:在我与他交往中,静之留给我的印象是个古人,也就是说他身上大有古风。这样写他们就明白了吗?大团大团的春夜,墨黑,在路边小酒馆里喝酒,酒不一定要好酒,菜不一定要好菜,要了,也不一定有,没要,没想要,好酒好菜反而来了。因为好酒好菜不来,也是快乐的,来了,不见得有更多的快乐,这就像游泳池里的水,已经放满,还要往里面放水,水不见得会多,大地上的水是多了，不见得会多的当然是游泳池里的水。那些在水已经放满的游泳池里还被继续放着的水，你能知道这些水的心态吗？这真正叫看上去入世了，实在是出世的。再这样写静之，我自己也要不明白，游泳池里洋溢一个大胖子，如果是露天游泳池，天就蓝了，于是，我来个总结，自然有一番总结：

在我与他交往中，静之留给我的印象是个古人，也就是说他身上大有古风。他的心态，在我看来，看上去入世了，实在是出世的。

但这样写静之，笔法就俗了。

静之身上没有俗气，有的多是喜气。刚才我说静之身上大有古风，古风是什么，我这几年捕风捉影下来，觉得古风就是喜气。

起码古风的影子就是喜气。

前几天江南草长，蓟门桥头还是大风吹得碎眼珠，静之与王姐（我们喊静之夫人为王姐，我们私下认为王姐喜气更多）从植物园出来，去卧佛寺，在去卧佛寺路上，一对情人并着肩，爱要爱要爱爱要，一不留神，莎士比亚《皆大欢喜》中的歌唱出，小麦青青大麦鲜，爱要爱要爱爱要……

话说静之与王姐才到山门，一大群喜鹊呼地朝他俩飞来，飞来就不走了，绕着他俩转，转呀转，转呀转，转呀转，转呀转，转呀转，转呀转，转呀转，一点也不头晕，我说的是喜鹊，因为用的是慢镜头，从容不迫，气势磅礴，转出七级浮屠模样，也就是说喜鹊绕着静之与王姐转出一座宝塔——七级，不信你把上面"转呀转"数一下：

1，转呀转，2，转呀转，3，转呀转，4，转呀转，5，转呀转，6，转呀转，7，转呀转，不正是七级浮屠吗？皆大欢喜。当地一拾柴的，把柴也丢了，忙跑回村里喊人来看，说这是喜鹊宝塔，五年造一次，被造进塔里的人，宅心仁厚，仁人居。

据说上个五年喜鹊看没什么宅心仁厚的人值得造进塔里，正在徘徊之际，春风吹来村里毛驴子家的门神，没粘住，被春风直吹到山门之下，喜鹊一见，心想门神也不错，替芸芸众生辟邪纳福，虽然是杨柳青木刻年画社新版子上印出来的，但自然有一番总结，就把两红红绿绿背面粥汁未干的门神造进塔里。为什么粥汁未干？正因为粥汁未干，春风才能从村里毛驴子家的门上直吹到山门之下，这一点是要交待清楚的。还有一点作为历史，也要有所记录，毛驴子大爷上个五年就九十多岁了，毛泽东时代，没人敢喊他毛驴子，把毛剃掉，老少咸叫他驴子，堂吉诃德命令桑丘·潘沙骑他，雅姆要牵上他去祷告，画家叫他朱耷，小说家叫他百年孤独。毛驴子大爷上个五年就九十多岁了，小说家叫他百年孤独。而那本《百年孤独》的小说里有没有一头毛驴呢？外国小说里，凡写到毛驴的，都好看，《格列佛游记》里的"慧骃"，虽然他有马的会阴，在精神上还是一头毛驴。

外国小说里凡写到毛驴的都好看，就像中国电视连续剧里凡写到皇帝的都好看一样。静之写的皇帝的确好看。但不管静之写了多少电视连续剧，收藏了多少明清家具，在我与他交往中，静之第一是诗人，并列第一是友人。诗人是一种质地，天生的。静之就是天生的这一种质地。小隐隐于诗，中隐隐于事，大隐隐于市。我现在只是小隐地步，想往中隐发展，正想着，事就来了，我正准备出门，躲避噪音，楼下装修，电钻搞得我惶惶不可终日，我换好衣服，戴好帽子，这时，电话响了，国泰要我写一写静之，又急得很。静之我早想写的，其实在我最初的一组散文里有一篇《找人》，就是写静之，但没写好，所以老觉得机缘未到，想不到今天要在电钻声中静之了。静之一阵，我的心脏还是实在难以承受电钻之动，决定打住，于是，来个总结，自然有一番总结：

　　静之是个诗人，他已经到了大隐隐于市的境界，自然有一番华丽，没有俗气，有的多是喜气，而这喜气他二十年前就有，不是近年才有，就像我二十年前读《论语》，从颜回身上看到喜气，但这样写静之，笔法就俗了。

生活在学校附近

生活在学校附近。我好像生活在学校附近,既不是学校里的老师,也不是学校里的学生。但这并不能说我没有感觉到校长大有秩序的面孔。如果是位女校长的话,她可能非常严肃。女老师太多,是一座小学。所以,我们养成一种对男老师陌生又害怕的习惯:悄立在操场边,望着雄壮的体育老师跳过山羊——希望他跳过后摔倒。这样,我们就可以前去围观。

操场上的煤渣、沙子屑屑在脚底作响,我生活在学校附近。因为我已差不多遗忘学校生活。操场和高音喇叭,是我们的学校生活中缺少不了的东西。我们常常列队在操场上,听着高音喇叭里声嘶力竭的召唤。即使是一个最温柔的女语文老师,从高音喇叭里传出的声音,也像我们早已养成的对男老师的习惯。我们的学校,是和乡村差不多的:操场——打谷场;一样的高音喇叭。

"三小队王敏生社员注意了注意了,快跑步到大队部来一趟来一趟。"

"五（4）班的李老师请注意，快到校长室集中。"

我想起70年代的学校生活，就往往和乡村叠合一起。我们是老师们种下的水稻，在初夏的风中一眼望去，还挺可爱。这是来自于这个年龄段的可爱，与教育及知识都没有什么关系。我的确已差不多遗忘学校生活了，尽管我常会突然产生好像生活在学校附近的感觉。这种感觉，大约是隐喻。我们所受的教育，好像不是在学校之中，而来自于学校附近。来自于学校附近一个兜售饴糖的大姑娘——她挎着竹篮，竹篮里放着两只铝皮饭盒。这种饭盒我们在学工的时候也使用过，每天早晨拿着饭盒，我心里有自豪感：可以不读书了，终于长大成人了。在工厂食堂，捧着热气腾腾的饭盒，看着附近的青工边吃边闹，我觉得他们是最幸福的一群人。他们的饭盒上都刻有自己名字："蔡国庆"或者"王建军"。我捧着的饭盒是我父亲借来的，上面也刻了个名字："曹华生"。一喊就成"炒花生"，我为这个名字感到难过。同学们的饭盒也大都是现成的，就是说上面都早刻好了名字。在学工期间，我们都以铝皮饭盒上的名字相互称呼，有一个同学极其沮丧，我们一喊她，她就脸红。她的饭盒上刻着她舅舅的名字："皮银涛"。我们喊她"避孕套"。照理说我们那时还不知道这玩意，但学工使我们眼界开阔。我们在一家乳胶厂学工，它生产两种乳胶制品：气球和避孕套。以至我后来看到节日里飘飞的气球，总会不怀好意地一笑。而大姑娘的两只铝皮饭盒上刻了什么名字，我当初就没在意，她的两只铝皮饭盒里一只装了白色的饴糖一只装了红色的饴糖。她说：

"你们不要去睬那个老太婆，我的好，我的红饴糖是用胭脂调的，她用的是鸡血。"

学校的教育使我们严肃紧张，有点冷漠，有点麻木。而我以后生活里的多愁善感，或许与吃多了她的红饴糖有关吧。在学校附近，还有一个老太婆也在兜售饴糖——她挎着竹篮，竹篮里也放着两只铝皮饭盒。据说她的红饴糖是鸡血调成的。

这么多年，我常常会有生活在学校附近的感觉。我们是生活在学校附近的一代。所以，我们也常常在真理与爱情、光荣和梦想的附近徘徊着，踌躇着。对于学校，我印象最深的不是老师，不是同学，更不是教室。是操场。操场是学校生活中最大最空的一块地方、一段时间。我穿越过多少操场呢？煤渣、沙子在脚底屑屑作响。一个秋夜，我与一位女子在操场边恋爱，这是我们城里有名的一所中学的操场，它与学校脱离开来，夜晚也不关门。高冷的星辰下，有人跑步，有人学骑车。他歪歪扭扭地骑着自行车，一颗彗星跟在身后。在他摔倒的一刻，彗星的尾巴正扫过他的后背，他连忙爬起，借助这微弱的光芒，扶好自行车，检查它摔坏了没有。即使相隔遥远，我也看得清他脸上心疼的苏州人表情。但这转瞬即逝，我永远记得的是一颗彗星跟在他的身后,他歪歪扭扭地骑着自行车。

在脚底屑屑作响的煤渣、沙子,我想我记住过多少操场呢?一个人站在操场中央,就像离开学校,在学校的附近。中学时代,我们学军期间借的是卫生学校的操场:一群人扛着木枪操场上走来走去,在一位士兵的带领下,趴倒,瞄准,冲啊!我瞄准了绷带、棉花球和一位抱着一具白皙的骨骼匆匆向一座灰色教学楼赶去的老年教员。他紧抱住死亡的遗物,像我们搭乘上青春的心动。我站了起来,因为在我的左肩膀前方,一条酱色的蜈蚣朝我狞笑,它的脚太多了,多过这世上的道路。我往下望望,同学们又尖又圆的屁股,在蓝天之下,如一排一触即发的炸弹。而此刻还是这般和平啊,一头山羊——我想是被解剖用的——一头山羊,在操场边,在操场边的一棵羽状叶的树下,妹妹般吃着草。这一头山羊,它被拴在操场边的一棵羽状叶的树上,吃着草。偶尔,它吃吃草。深绿的草。淡绿的草。大的叶片。小的叶片。长的叶片。圆的叶片。尖的叶片。阔的叶片。又尖又圆的叶片下,开着嘘嘘花朵。休息的时候,男生们骑山羊,女生们采蒲公英。她送我一枝蒲公英,我一咳嗽,灰白的种子就四处飞扬。飞进她眼睛的不是操场上的煤渣和沙子,而是一颗蒲公英种子。她眨巴着眼睛,又抬手揉揉眼皮,一转身,去找另一位女生——另一位女生翻起她的眼皮,张大着嘴,使劲吹气。眼皮翻起一抹粉红,仿佛大路尽头的朝霞。燃烧的朝霞。从她的眼珠中我看到了卫生学校并不卫生的操场。但很大。

生活在学校附近,其实,我真生活在学校附近。我现在住的房子,与一座小学只隔一条河。早晨,常常被它的高音喇叭吵醒:

"一,二,一,一二一,一,二,一,一二一,立正,稍息!"

他肯定是个体育老师。他把"二"喊成"噢",这就有了抒情性。我每天在这一首抒情诗的朗诵声中醒来,有时候,我会想到:我生活在学校附近——我就产生好像生活在学校附近的那种感觉:我想起我的学校生活和我穿越过并记得起的操场。极有可能,我们是生活在学校附近的一代,与秩序和知识靠得很拢,却到不了它的中心。徘徊着,踌躇着,在真理与爱情的附近,也在光荣和梦想的附近。我们是"附近人"吧,离什么不远,但没有什么关系。

有一年,我去练市找朋友玩,他是地理老师。夜晚就宿在学校里:一张老式的木床,床架上还雕着龙凤和牡丹。我想这样的木床只能在学校里找到。睡在上面,摇摇欲坠。我就拼命摇摇,看龙飞,看凤舞,看牡丹盛开。黎明之际,被隔壁紧锣密鼓的剁切之声吵醒,应该说惊醒,不由得一阵鸡皮疙瘩。打量一下寝室,太陌生,这太陌生了。尽管我知道隔壁住的老师的妻子是乡下人,她没有工作,就做些菜馒头肉馒头卖给学生,挣点生活费。但我还是感到害怕。不一会儿,操场上有跑步声了,一圈圈近了,又一圈圈远了。无端地,我想起小学时代的一位老师,就钻出被窝,跳到窗前,大喊一声。

窗外濛濛白雾，如飞满蒲公英的种子。我大喊一声：

"报告！毕老师。"

报告完毕，我忙躲进被窝，抱头大睡。过了不久，我听到一个声音：

"谁、谁、谁啊？"

想不到这里也有一个姓毕的老师。看来毕虽是小姓，老师却是多数。

沉睡的花朵

阳光长高的早晨,大地也会飞。在阳光长高的早晨里,大地也是轻松的。它在飞。接连的阴雨天,难得见到阳光。有时候黄昏雨后,夕暮在墙角铺垫一层薄薄的光苔,矮得仿佛小巷履迹。大地好像已不习惯飞了,由于接连的阴雨天,它飞得有些不稳,一角斜斜的,宛如晒在白麻绳上的一床被单,但它还是在飞,只是被单上的花朵——这摇篮里的婴儿,尚在沉睡。克利有幅线描,画的是花朵怒放,肆无忌惮的样子。我感到了睡态,我感到了这些怒放的花朵的睡态:它们是一家人,肆无忌惮地沉睡在自己的床上。她的小腿搁上他的腹部,粉红的脚趾随着他的呼吸颤动。我从没在日常里见过沉睡的花朵,我只在克利的这幅线描上见到。克利想表达怒放的意态,我却感到肆无忌惮的睡姿。"只恐夜深花睡去,故烧高烛照红妆。"其实花朵一直在沉睡的,不眠者是人。花朵沉睡在自己怒放的美里。

我非花矣，却也是一个沉睡的人，所以就能从怒放的花朵上找到睡意。我很少失眠。这几天倦极，想早点休息，躺上大床，精神反而来了。读川端康成《花未眠》一文，毫无"新感觉"，起码没有我的感觉新。看看时间还没到十二点，就给朋友们打打电话。能听到一个睡意朦胧的声音，就像见到一枝沉睡的花朵，我是愉快的。我想睡意是我们日常里最美的东西，睡过去了，就什么也不计较。只是会做梦也挺麻烦的。尤其醒来后还能记起的梦。

尤内斯库在《我越来越困难了》之中，说过一个梦：他到机场，他要乘飞机到另一个机场去。它在城市的另一边。要到那里去，他没有自备车，也没有地铁，也没有出租车，他只得徒步去。他走过一条条通道和地道，顺着城市边上的沿河公路走着，总是沿着一条河——也许它就是塞纳河吧——和一些铁轨走着。不时，来到一个个十字路口，那里的房子高而阴暗，不过都是些死胡同。他要穿过一些工厂，或者说一些类似工厂的地方。那里的人们很匆忙，一副工作的样子。他要越过一堆堆的大桶，一堆堆奇怪的机器，它们好像是些轮转印刷机……

他的梦太长。当我读到"轮转印刷机"时，觉得它像是一种赌具。接着，他继续写道："我时而发现一条长廊，它把我引向一扇门，但当我把门打开时，却看到立在我面前的是一堵墙。我折回来，走到另一些门的前面，不是这些门只通向没有出口的房间，就是我又撞上另外一堵墙。"尤内斯库的梦还没有完。如果他真做了这个梦,那这个梦也太剧本化。假如是虚构的话,他可真是"越来越困难了"。不仅仅是困难,完全是枯竭。

给朋友打完电话,我睡意全消。《花未眠》读不下去,就拿起新寄来的《文论报》。碰巧看到尤内斯库的"困难"。在报纸上,即"困难"上方,有一幅雕塑作品的照片。没有作者署名。我猜想是布朗库西的。也有一种梦幻感。但他的梦比尤内斯库的要来得朴素。布朗库西的梦是人类童年的梦,而尤内斯库已是人类老年的梦了。尤内斯库大约是罗马尼亚人,布朗库西肯定是罗马尼亚人,罗马尼亚人很会做梦。国土小的国人都会做梦,就像远离京都与省城的诗人们是都会做一些梦的。在穷乡僻壤的诗人们,阿门!

就像阳光长高的早晨,大地在飞一样。在穷乡僻壤,也没什么不好。他起码能听见鸡叫。在半夜。在黎明。如一根支持得住的棍子,使大伙儿尖锐地醒来。想想,我已有多少年没听到鸡叫了。我生活的城市,属于十分尴尬的城市:既没有京都与省城的歌剧,也没有穷乡和僻壤的鸡叫。数数,我已有五年未闻鸡叫,所以,早就没有"闻鸡起舞"的雄心。

这一年,我们五六个朋友去江边一个县城参加朋友的朋友的婚礼。去参加一个县城的婚礼,我挺激动。我们被安排在招待所里,招待所的门口满是鸡屎。我站立片刻,就是没见到一只鸡。别说是公鸡。婚宴结束后，朋友开玩笑，让我和她住一个房间。两个人分躺在两张床上，稀稀疏疏地说着话。我忽然为她感到悲哀，她怎么使我毫无非分之想呢？继而，我怜悯起我自己：我对她也毫无吸引力啊，要不，她是会来抱住我的。女子喜欢人总有借口，可以说："呀，我怕。"或者"呀，我冷。"赶了半天的路，喝了一晚的酒，是累了。才说一些话，我就睡着。应该说我在睡着之前还是有一些生动的欲望。黎明时分，我被一阵低低的哭泣惊醒，朝她躺着的方向望去，她倚在床架上，正猛吸着烟。烟光一闪，罩住她脸上的泪水。我真想走到她身边，但我知道这样的话，我会难于自拔。于是，我就装睡。装睡是一件很累的事，总想翻身，总想搔痒。听到鸡叫，我松口气。因为白天快来临了。男女之间，关键要在白天能够相安无事。第二天早晨，我到招待所门口一看，鸡屎都没有了。值班阿姨在扫地，扫啊扫，真扫得干净。

　　我醒来的时候，一般都是中午，口干得急，尿憋得紧，但我还是懒在床上。花沉睡在怒放的美里，我半梦在自己的往事中。这好像就是我的工作。往事？往事——一到白天，什么就都是往事。真这么做，也不容易。比如男女之间，晚上的热烈行事后，在白天能够相安无事或者说若无其事，这可比尤内斯库的"困难"还要困难。人总想抓住点什么，尤其在这个不断丧失的日子，人无从下手，就想在亲近的身体上或心灵中抓住点什么。抓得紧紧，不愿放手。以至在白天到临之际,以至在漫长的白天里彼此抱怨。

所以说人是不眠的。我喜欢沉睡,因为从没有沉睡过,至多是半梦,更多时候是装睡。于此来观,做一朵花,能做一朵沉睡的花,是幸福的。沉睡在自己的怒放里,沉睡在自己的凋零中,沉睡在自己的一声不吭之间。但是我不沉睡,哪来沉睡的花呢。沉睡的花,也无非是胡思乱想吧。

粉红摘

收到你的信了。我想：这是第几封呢？你中学时代和大学时代的信，真是一些很好的文字。有的如花窗影痕，有的仿佛老槐树下的狗叫。只是我没有保存信件的习惯。这不是说随看随弃，信件毕竟不是快餐饭盒。在这时代，信件有点接近雨天茶话。前两天接你电话，我吞吞吐吐的，我是个极不擅作电话交谈的人：面前只有一根线弯弯曲曲地通到声音那头，总觉得像是钓鱼。而写信则如拿一面镜子捉着阳光，一点一点投在春花秋叶的窗口，引得他或她终于探出头来。这时，你就尽可以藏好自己，欣赏他或她的微笑、惊讶、沉默或者空白。打电话是社交口才，写信是智力游戏。更像打牌，你打出一张牌后，这就有了等待——像剔出指甲里的污垢、脂粉和虚实，空白是最大的收藏家，它用一枚金针刺到柚子内部。而沉默是顶顶敏感的穴位。

今早上落雨，我懒在床上想入非非。"非"这字造型不错，似一条顶天立地的蜈蚣。这个世界不属于人，也不属于圣，更不属于牛鬼蛇神。只属于虫子的。"属"是大禹的尸体；据传顾颉刚说过，禹是一条虫子。连禹都是一条虫子，我却作不得懒虫，必须起床上班。前几天领导找我谈话，说我近来常迟到早退，同事们有意见。领导说，我们是朋友，不要让他为难。我们是常在一起斗牌的牌友。我的牌技高超但手气太糟，斗到现在，尚能保本。一个人尚能保本地活着，已不容易。坐在床头，套好羊毛衫，拿起本画册，这是一日之始的享受。我有一些春宫画页，被借丢了。明代春宫画线条流畅，构图简洁，那些衣纹都带着空灵的欲望。清朝的就繁琐嘈杂，特别是仿大西洋笔法的，弄点明暗，似竹头木屑，像没澡身一般。我曾对朋友说过，明春宫如小品，清春宫像公文。一个让人觉得性是岁朝清供，一个让人觉得性无非是例行公事而已。想起半则故事：某干部受贿被抓，茶饭不思，神志恍惚，想起不能机关里办公，也挺留恋。他老婆就来劝他：丢掉大机关，还有小机关，天天到我"机关"里来"办公"就是了，够你操劳。因被借丢了春宫画，我只得挺直清洁的精神，看克利画册。克利更像一位数学家，我就穿袜子。

喝杯茶——不能因为领导找我谈了我就不迟到，迟到还是迟到，不早退吧。这就是进步。一个人不能进步得太快，否则连喘气机会也没有——我拉开抽屉，这就见到你最近来信。我差点忘记。早相忘于江湖，要不是你调到外地，编报纸约我稿，我们已无文字联系。

在你的信件下，有只纸盒。纸盒里装满邮票。我不集邮，凡收藏一类的东西我都无兴趣。但偶尔遇到我喜欢的邮票，就买上一些。也有这么多了。我很喜爱皮影那一套邮票。一直感到遗憾的是我至今没看过皮影。嗑着葵花子看皮影和品着雨前茶听昆曲，大俗大雅，在我想来，有异曲同工之妙。一九八八年，在南京鼓楼假日地摊上，我买到一张英文的招徕洋人的皮影宣传品。好像洋人才是我们传统与民间艺术的热爱者。红袖绿腰，皮影如花窗影痕。现在给你寄信要贴两毛的邮票了。纸盒里还有十余枚八分邮票，是"北京民居"那种。四合院像首绝句，起承转合，平仄协调。他们在绝句里种树除草，贴上"福"字，挂出灯笼。一本绝句集就为一条胡同，我们在胡同里推车喂驴，门口袒腹，墙角撒尿。从邮票上看来，北京民居是过日子的好窝点，油盐酱醋，姜葱蒜，花茶，酒。也是从邮票上来看，福建民居可以画圈，云南民居利于挖笋。民居居民，量体裁衣，所以总有一种不浪费在其间。皇帝的房子太多，房子一多，就有淫乱。大家族中的乱伦、糜烂，是觉得房间空关着可惜，不妨利用一下吧。有了房间之后，才有阶级，才有阴谋，才有腐朽。我也该去上班了。吃几片海苔。海苔像被裁得小小的复写纸。一个人一生要被那一句话复写多少次呢？一个人一生又能复写那一句话多少次呢？白纸用完。新闻纸价格年年在涨。

绕道上班，常走的那条路上都是积水。一下雨，就都是积水。

春夏之季,弄湿鞋袜无所谓,还能看积水里的蜀葵与夹竹桃花。而这个季节瑟瑟得很呢。

办公室。甲在读报,乙在搽口红,丙在修录音机,丁在写信。甲说:11月7日上午河南省平顶山市中心路小学男厕所影壁墙突然倒塌将该校九名学生砸伤其中两名学生因伤势严重当天死亡。乙说:中午有人请吃螃蟹。丙说:这磁头一看就是国产的。丁在写信,丁写道:

"你的信是越写越短了(写长了又怎样呢?你是写出过如把景泰蓝敲碎一地的长信的。我却只记住一句:'那一夜,苏州的街道上开满了荷花。'这一句是不是你的,现在想来也大可怀疑)。这说明你正在逐渐地获得生活经验。而我的信无论给谁,都越写越长了。这应该是意味着我正在一点一点地丧失掉生活经验。我似乎能感到你的寂寞。寂寞能使人在奔跑的时候停下一会儿。这停下的一会儿就是自省。"

如把景泰蓝敲碎一地,斑驳光艳。有欲望。

丁还在写信。丁就是那个叫"车前子"的人。

苍茫的影子木马

写下"苍茫",就苍苍茫茫了;念着"苍茫",便苍苍茫茫了。苍茫是一声叫喊:苍苍茫茫是它连绵回声。我醒来已是中午,迷迷糊糊说了句:"苍茫啊!"但没有苍苍茫茫接踵而来。我只看到一匹木马的影子。童年,我们都骑过木马。它带着我们跑过最为平坦的道路。木马的不跑之跑,悄然使我们发生变化:我们的臀部变大了,跨不进木马的马鞍。只得立在一旁,用力猛摇它一下,看着它空空荡荡上上下下,仿佛挂钟里的钟摆,苍茫的中午已经到来。

苍茫啊。

苍茫的木马呢还是木马的影子?我知道的则是我们的影子是我们的木马。当他们捕风捉影,跨上自以为是的马鞍之际,我们早逃遁了。我们早消失了。留下一匹木马在世界上,让未来好好猜想……

歌 词

一首歌词是一片指甲。被剪下的一片指甲。有的时候，它要出发去寻找它居住过的一根手指。但也就在这时候，指甲是劳而无获的，一片新生的指甲代替它的位置。于是，它只得耐心地等待：等着新生的指甲被剪下。它们就能配成一对。像两只鞋子，像一双蟋蟀。被剪下的指甲是敏感的。在大风中，她边走边剪着指甲。一位男人边走边吃着烤红薯。她的指甲是白皙的，称得上干干净净。有一年冬天，我送她回家，在河边的石栏上坐了片刻。她还真是个小姑娘，傻傻的天真烂漫。仿佛淋漓的曙红在宣纸上晕化开来，没有边际。天真烂漫有时如传染病，我们只得戴着口罩跑开。不到一年，我在异地与她邂逅，她竟似少妇一般了。少女，如果有一个时代的话，它是不是秘密开放的花朵？不被常人所见。或者说只有小姑娘和少妇，少女是普遍缺乏的。女人的少女性过于脆弱。纯洁是不需保卫的东西，但不保卫又没有了纯洁。小姑娘是天真烂漫，说不上纯洁。而少妇又是一种有关贞洁的概念。大风把她的指甲吹到烤红薯边：一位男人边走边吃着烤红薯，他把皮剥掉，丢在路上。他满嘴热气。

一根手指。一根常常把指甲留得长长的手指。

我在梦游期间，遇到位女子。可以说是我那几年遇到过的女子中最鲜美的一位。我正在生病，躺在床上。她就坐在我床边。这是我们第一次见面。我大概有点萎靡不振,她就安慰我。后来,她说起她的事情:父母离婚,她和妈妈住在一起。她说:她的左手是假肢,十二岁时出了车祸,已经六年。我这才注意到她的左手上一直戴着白手套。我就朝她的右手看看,指甲很长了。我说:

"给你剪剪指甲吧。"

她的脸陡地一红,过了很久,摇了摇头。这是我们第一次见面,也是唯一一次。她又来过几次,我都不在。每一次她都会留下一个纸条。有一次,她在纸条上写道:

"我的指甲更长了。"

像是一句歌词。

木马与挂钟

我早忘了我骑在木马上的情景,偶尔倒会想起妹妹在木马上骑着的样子。有时候,我会溜到她身后,猛地一推木马,吓得她哇哇大哭起来。作为补偿,我现在很喜欢她的儿子:这外甥的脸竟与妹妹童年时一模一样。

邻居家有一座挂钟,我常常会跑到挂钟下,痴痴地望上老半天。抬着头,大概还啃着拇指。西方现代主义绘画中,我喜欢克利、毕加索和米罗的作品。但在情感上,却更亲近夏加尔。他画了挂钟:

这挂钟竟与邻居家的一模一样。

土布送人

　　土布土布土布所以，土布土布，抱朴土布见素土布土布土布所以，土抱朴布见素，布，布，布，土布土布抱朴见素，土布土布干净无垢，土中藏布，布上析土，好布出土：藏好布析出土，方方土布织布机织，芳芳土布织布机织，织布机方方，织布机匡匡，方方，土布正正，正穿着过去的机织过去土布，土布土布所以，过去土布一匹，一件过去土布衣一件，过去土布道德经布道一篇，土，土，十，过去的河南在过去以土织布所以，过去的在过去以土织布。

　　原稿写在一块练过字的硬板纸上，练的是"玄之又玄，众妙之门"。背后临的是经石峪。夜里独坐有诗兴，竟一时找不到纸。反而很有视觉效果。此诗要用"说唱"节奏读，才有意思。

　　《土布送人》是送给郑文斌的。那天，我们在企鹅茶座喝茶，他穿了件土布衣服。我说这土布太好了，应该送我一块。他说："这样的土布，在家乡都难以找着。"《土布送人》其实是《请人送我土布》。在《土布送人》中，有一处差错：郑文斌不是河南人，他籍贯山西。所以"过去的河南在过去以土织布"应改为"过去的山西在过去以土织布"。不改也可以，反正河南与山西都织过土布：中国大地上织布机的影子比木马的影子更加苍茫。

打　牌

等最后一批客人散尽，几个朋友就开始打牌。坐在牌桌前，我忽然没有兴致。外面飘着细雨。我就让给朋友的女友来打。站在她身后，看了一会儿。她的牌技平平，但手气佳佳，打出一张好牌后——看来她还是有识别能力的——就猛地在我后背擂上一拳且哈哈大笑。我与她也不熟悉，于是我就跑开。在吧台，我喝瓶啤酒，然后回家。细雨飘飘，冬夜因为这细雨，有点像春天的晚上。我想看看船火，过桥的时候，却忘记向河面望上一望。我回家了。

备　忘

《苍茫的影子木马》这篇札记应某主持人之约而作，以回答她的几个问题：最近的情绪色彩、引以为憾的事情、童年生活对现在的影响、诗歌与友情及日常生活。尽管匆忙，我回答得还是认真，她不一定能懂。某主持人除了在情感上，她需要都是直接的东西。

童 话

不是一种文体，在这里，是指儿童说话。

一个孩子问我：

"宇宙有边吗？"

那时，他大约五岁。我答：

"宇宙没有边。"

他说："我想是有的。四面，都围着一堆堆石头"。

我被他的说法打动，分明看到如此图景：

四面围着石头的矮墙，宇宙像一个烹金煎玉的菜园子，种满菠菜、胡萝卜、甘蓝、水芹、扁豆、茄子、莒蓿、洋葱……上帝啊，如果有上帝的话，我想此刻也朴素得像位菜农。

美妙的一句话。许多年过去了，我还一直记得。有时候猛一想，还真体会到莫名的无奈。孩子们使我们坐上一朵游泳的雨云：人类有时候就像趴在石头的矮墙上——但是，能够朝哪里张望呢？

另一个孩子告诉我:"地球是只嘴巴,大海是它的舌头,蓝色的一吐一吐的舌头。"随即,他又说道:"地球像条狗。"

他大概由"一吐一吐的舌头"联想到夏天的狗了。这个联想的跳跃性很大,而地球的负重不也是很大吗?缺乏环境保护,轻视生态平衡,仿佛躺在宇宙角落里一条酷暑中的家犬,气喘吁吁。还有一个孩子,他见到我时常会给我讲故事。他在讲每只故事时,总是这样开头的:

"在很久很久以前……"

在很久很久以前,我们都是孩子,所以我们并没有比这一个孩子更多的经历,但我们又忘记了孩子时的经历。在很久很久以前,我们或许就已经不是孩子,所以我们也就没有一个孩子的经历,一瞬间作为地球孩子的朝花般的经历。

夕拾朝花也,所记童话矣。

《古诗读物》序[1]

这是爸爸给你编的一本古诗读物。

不要求你背。你有兴趣翻翻就行。我还画了插图。爸爸不作注解，你有不明白的地方，就先不明白好了。也不要问我。因为爸爸并不要求你理解，只希望你有所感觉。为了让你对传统文化有所感觉，爸爸和妈妈让你学了武术、围棋和国画，并不想要你成为武术家、九段或齐白石，也只是让你去感觉一下动画片之外的世界。所以，只要你没有兴趣，我们就不勉强你。编这本读物的出发点也是一样的。

这本古诗读物，也可以说是识字课本。你有感觉的话，能从中识得自然之美、人情之美和语言之美。当然，这都是过去之美了。

人不能没有过去。这是大道理了，我想你有时候也懂。

选诗五十首，不标朝代，也不列姓名。爸爸认为这些并不重要。

---

[1]. 为马蹄所编。

十四田虫

有了儿子，就少了时间。过去时间像一匹大布，哗啦啦盖得满宇宙，现在呢，则如一根根布条，心情好的话，就扎一扎成个拖把，拖一拖尘世的房间。此时，我刚想拖一拖我的灵台，如古人所言澡身，捧一册李商隐诗集——儿子呢，已被我安排到床上，让他去龙飞凤舞天翻地覆地演每晚必演的床上戏：他在被子上下顿起滔滔和自己的影子武士打来斗去。我才看了不过十目一行（心神因他总不定），他就喊我："爸爸，我要撒尿！"于是，我只得一边捧着李商隐，一边端着痰盂，开始修养自己和侍候儿子，忽然，一阵淅淅沥沥递送进耳，猛一看，儿子的尿撒在我捧着的书上，"留得枯荷听雨声"，这是他的行为艺术。

幸而明朝天气好，我能晒晒李商隐。

我想：李商隐如果有一点童尿的气息，是否会在精深悱恻之外，更加生动一些？稚拙添生动，圆熟浓得化不开。

因为我的读书生活已被儿子做成"风风转",在他的风声中我随着他转来转去,所以,我觉得读书是不明智的,常常被他打断也就得不到联绵文气之气感。我就开始——看画!画是片断的,容易对付。

先是买了几册。太贵了,继而就去借。我的看画(册)兴趣范围大致如下:

中国画:"扬州八怪"之前的画家画作;西洋画:"印象主义"之后的画家画作。看中国画,我不怕古;读西洋画,我不怕新。其实西洋之画的概念已转化为"美术"。如果从"美术"出发(不仅仅是纸笔的运动),那么,中国画完全是一种单纯的复杂,西洋之美术,则是复杂的单纯。中国画如我儿子,西洋画如我。我绕着儿子转:对艺术而言,单纯总是很重要的。

一日夜晚,我正看《米罗画风》(米罗画风四字为繁体字,我觉得印在米罗画册上特别棒:一个汉字的结构,看来都要比米罗的一幅画远为复杂),儿子在床上没戏后,就环我身边,他从我手上夺过此书,合上,望望封面,胸有成竹不急不慌地说道:

"喔!你在看'十四田虫'呵!"

我看画也不安宁了。从此之后,儿子就常常来帮助和指点我。

"这个都不懂,还要看得这样认真,画的是女人,你看。奶奶!"

"奶奶"是"乳房"的意思。

"他画的是梦,乱七八糟的梦。"

但我很快就发现儿子的一个弱点,引申开来,即孩子都是好色的。我就尽量不在他面前翻看彩色画册,我终于又能宁静致远,读一点淡泊明志的黑白画册。

不料事情更糟。趁我不注意,儿子给黑白画册一一涂上颜色。那就色欲横流吧。

有公鸡的地方

懒得做饭，我就与儿子上小饭店。

点几个菜，儿子要罐"雪碧"，我要瓶"贝克"。

父子俩边喝边聊。

儿子说：

"你还记得吗？我小时候是不要喝'雪碧'的。"

我一听就乐，才五岁年纪，就会回忆往事，说什么"小时候小时候"了。

我倒想起我在陕西汉中铺镇上小学的事，往返的路上要经过一户农家，是老两口。只有老两口。老两口养只公鸡，硕大无比，是当狗养的，它能看门。公鸡总缺乏狗的灵性，哪怕是乱窜的野狗，所以我们几个同学上学，口袋里都装着碎砖碎石，以防不测。

我把这突然想到的事情，告诉儿子。讲完时，还重复一句：

"这只公鸡真大啊！"

儿子问：

"有这么大吗？"

他边说边把手张开，看我没有回答，就四处望望，猛指着邻座的一个胖子，大声问道："比他还大吗？"

我瞧瞧胖子，他也正奇怪地瞅着我们。我说：

"公共场所，不能大喊大叫，小孩子要礼貌。"

说完这话，我想了想，随即点点头，对儿子低声而言：

"差不多。"

锦盒散页

以下这些笔记如能印在散页上,我想更好。它们被随意地扔在一只盒子中,而盒子不妨制作精美些,用猩红的锦缎裱糊。像腐朽时代的韩熙载夜宴。

你打开盒子,可以随意拣起一页:

我想这些笔记能够印在餐巾纸上的话,那更十全十美了。这说明我们无疑都已饱餐一顿。

请打开锦盒!

面孔就是脸蛋。那些行走于梯上的吠月女伴,被剥掉蛋壳了。脂粉在六朝的南京桨声灯影。而南京大学校园里,我是一个好学者兼写作狂:白天泡图书馆,如汗湿的内衣;晚上则在寝室写作。这是我十多年写作生活中写得最多的一年,因为南京有脂粉,校园里有少女的体香。但检索这时期的作品,我竟没有一首是写给这脂粉与这体香的。家猫吃老鼠，更多的时候是吃鱼。在家猫看来，鱼与老鼠几无区别：少女与诗歌混为一谈了——是我的诗歌，它们保留少女的形体。我诗歌的外部轮廓，在那个时期，像一位发育良好、身材苗条、长颈丰乳和细腰肥臀的少女。不像现在我诗歌的外部轮廓，简直如一群愚蠢的男人，强壮得没有水波流转。

我发现我的倾向：我是在挖掘隐身于我体内的女人。我挖掘了出来，把她的皮肤养白，然后腹部刺青——我仿佛景德镇瓷器厂的描花工人。在一只瓷碗上描绘青花，一树潦草的梅花落满去体育场的道路。

最大的危险和恐惧莫过于来自这些斑点了。它们兀兀出现在人体局部，褐色的圆点、朱砂色的不规则痕迹、墨色的星星与深黄色的锯齿叶。而危险使我兴趣索然或勇气陡增。而恐惧使我勇气陡增或兴趣索然。这些斑点，是我一首诗里的标点。我总把标点看成一首诗中最为棘手的部分。为了安排好一个标点，我宁愿放弃掉一个警句。标点是一个被肢解或拆散的女人：

。（她的杏眼）

，（她披散着长发的侧面）

、（她踮地的脚趾）

——我把她的零件装配在一首诗中，如弈者手上的棋子，也像弈者输棋时难受的咳嗽。但她的斑点令我激动。我常常是站在她的身后，击倒她。

我很少有好心情。愉快并不是好心情。好心情是发条松弛的钟表，它还在上路，但不与到来的夜晚合拍？《春夜的游戏》难得是我一首好心情的诗歌，我在写作这首诗时心情很好。但好心情是难于言表的，所以这首诗里一点也没有好心情的影子。其实一旦写作，好心情就成为心情，无好无坏了。只是在刚完成之际，人是兴奋的。兴奋不是心情，兴奋是行动：创造，破坏，吃，喝，拉，撒，拥抱，抽打。点燃那高挂在绿绒面子上的一盏汽灯，在台球室里。那些小杆子们游荡鼓楼一带。

这一首诗，把它看成一张机械制图，会不会好一些呢。这样，你就觉得这并不是晦涩的诗歌。我还没有读到过晦涩的诗歌，就像我没有遇到过明白人一样。而这首诗歌的灵感，也就来自于一张机械制图，合乎我的生活习惯。这么多年来，我多想收藏仿佛轮回的一柄左轮。闲下来，做出握枪的手势，对准自己已被酒精割痛的脑袋，放上一枪。但嘴里却发不出"叭叭"之声，只是"呀"地一下：我看到自己的尸体，刀子般扎进我的生命。我沉默了，成为业余内省的人——在长江以南，把布还原成棉花，再用这些棉花堵住伤口。散花的飞天离开敦煌，撒下的也会是棉花。消毒过的棉花。露出你的屁股，等待酒精与针头吧。青霉素、丙种球蛋白、杜冷丁。我想起医院里的兰草，在它的香气里，胖护士如棉花，那小巧的护士则似一枚羽毛。神似一枚羽毛了。羽毛是棉花的表妹，飞天离我们太远的时候，就没有乳房和臀部，只是一片一片——一片羽毛。

　　我还没写过一首有关感冒的诗歌呢，尽管我常常感冒——写诗有时候是一种病。一首短诗要写得像打一个喷嚏那样干脆，而长诗呢，则是一星期不退烧。那些不太好的短诗，就仿佛张大了嘴但就是"阿嚏"不出。不太好的短诗太多了。一首糟糕的长诗，你总能欣赏到部分优点，比如这一首吧，你首先能欣赏到作者的耐心和毅力，他就是能把这些平庸的东西千言万语地笔录下来。从这点上，可以说你欣赏到我们身上农民的伟大精神：吃苦耐劳。而一首糟糕的短诗，往往是觉得糟糕时它已糟糕透顶，甚至引不起我们生理上的疲乏和恶心。短的东西，往往是困难的东西。我常常为院子里交配着的公鸡捏一把汗。别说短诗，就是短篇小说要写得富于创造力——文体上的新鲜，也很困难。乔伊斯在长篇小说的领域里风头出足，但在《都柏林人》身上却捉襟见肘。短篇小说里有很多大师，比如契诃夫，但在文体上具有创造力的，还只是博尔赫斯。也很难说是创造，更多是发现。博尔赫斯发现了欧洲早期故事和东方早期故事，他使老故事成为新文体。在博尔赫斯的小说里，我们总能发现一个不断擦着鼻子的人，尽管最后，早已没有鼻涕可流。一个人有很独特的见解时，往往保持沉默或至多"嗯"的一声，而感冒之际，他就得到解放，"阿嚏"一下，连自己都吃惊。

Jeff，一个姓名在脑子里一闪，简直像在路边酒吧听一张三十年代的老唱片。Jeff，我们已好久不通消息。当我写下"Jeff"，我像看到"盘在帽子上的蛇"。语言是一条盘在帽子上的蛇；而文字是蛇，也是帽子。更确切地讲，文字就是"盘在帽子上的蛇"：当我们看到一条盘在帽子上的蛇时，文字就成"一条盘在帽子上的蛇"了。概念却是不能被看见的。也不能被听见。当诗歌成为诗歌这个概念之际，我们就可以欣慰地不在作品上署名，就像风不在云上署名，水不在石上署名，但又实实在在风起云涌水滴石穿。因为有云，风成风这个概念；因为有石，水成水这个概念。因为有诗人，诗歌成为诗歌概念。反之，诗歌这个概念又使诗人之所以为诗人。我想二十一世纪，是一个不署名的时代，或者说是一个来不及署名的时代。文化的泛滥淹没姓氏，这将是概念生产的大好年头。

喻能浑身通晓地进入宗教、情感、世界、村庄与鸟窝。还有稻草堆。宗教是一个靠得住身体的稻草堆，当稻穗被世俗生活所割去的时候。我们所有的也只是这稻草堆了。碧绿的蛾子飞过一茎稻草，天空蔚蓝。牛是最理解宗教的一种动物，它吃稻草，像我们使用方言。

喻，会使一首诗或一篇文一丝不挂，或通体锦绣，或原形毕露，或立地成佛。

喻的方式比一切技法都要古老，它来自祖先的恐惧和窃窃私语。喻当然不是技法。技法们在摩拳擦掌时候，喻则在一旁睁大眼睛。

我写完《拓片与影印本》这组诗后，他人的一切诗歌作品我都能看得津津有味。有种奇怪的感觉，但一直没找到命名方式。后来，听一位画家讲起一件事：他曾和一帮画家去拓长城，半个月下来，忘记自己是位画家，只觉得劳累与苦，是个体力劳动者。有次，从长城下来，在一个岔路口，看到一位中年人正画着八达岭导游示意图牌，感到很新鲜，且连连叫好。那位中年人很不好意思，但他们是诚恳的——绘画竟如此新鲜！像孩子，像童年，把能画像一件东西的人都看作大师。

　　可以这样说，他们又发现绘画。

　　归来的新鲜感常常使我发现他人作品的精美绝伦。我日常里的谦卑，大约就源于此吧。

　　骑自行车回家。而我往往是觉得自己扛着辆自行车，茫然四顾地走在路上。

　　昨晚，我梦见田间。我要为他编一本诗选，在他的小院里。他把他一生的诗集堆满几只板凳。有一本封面红色，我尤为迷醉。但他并没有和我谈诗。他拿出几只瓷瓶，有一只椭圆形的，他说：多美。年轻时候，我们都叫它蛋。我很喜欢蛋，只是从没写到诗里去。说到这儿时，他哈哈大笑。

　　喜欢的情感恰恰是在诗之外流露的。我如果也喜欢蛋，我就先吃掉它，然后再喜欢它。但那是一只被叫做蛋的瓷瓶，就像一座被称为诗歌的迷宫。

而红箭头指向场地，它似被线团缠绕住的针。

诗歌是飞天：没有翅膀的飘动。有了翅膀，就是散文、小说之类的飞机。在街头，人们常常会停下身来，看一架飞机飞过，并惊讶它为什么不飞得高一点。如看到飞天，就中邪了：希望她掉下来。

关心心灵，关心体魄，对肤色就不大计较。肤色的地位有点像诗歌——一般人大致是缺乏兴趣的。散文是心灵；小说是体魄。诗歌就是肤色。心灵会转换，体魄会变化，而肤色永远如此。他狠擦白粉或暴晒太阳，也没有谁会以为他是白种或黑人。越是外在的东西越不能转变，诗歌的确像是一块皮肤：无论多么晦涩，它也是暴露的。

所以读一首不明国家的译诗时，也能直觉地分辨出这块皮是从哪头牛羊身上割下。

"夜深人静"。

"夜深人静"。

"夜深人静"。

这是句陈词滥调。常常就是找不到比陈词滥调更贴切、传神与纯朴的描述——我们的困境。

某年某月某日记于夜深人静之际。

貌似格言的脸面

1. 一条格言像一张人脸。或者兽面。在车水马龙的街上，被我们记住的人脸，不是绝顶美丽，就是到底丑陋。兽面却很少有机会遇见，除非在动物园里。人脸常常会忘记，而不常见的兽面，倒能一下辨识。通过雄狮的脸面我们飞快地认出狮子。但这也不容易：一头母狮常使我们犹豫不决。而格言大致都是一些既不美丽又不丑陋的人脸，或者，像一头母狮（论格言）。

2. 城市通过一盆洗脸水显出它的肮脏。其实乡村也是如此。

3. 我发现沉默寡言的人常常会打呃：看来活着总会发出声响。

4. 皇帝的新衣：语言的魔力多大啊，不得不为之敬畏！看出皇帝是赤身露体的，不是小孩，必是文盲。

5. 不对。小孩更能觉得语言的魔力，当你说："乖一点，老虎要来了。"他马上会惊恐地抓住你的手，依偎在你的怀抱里。这小孩已经看到老虎（金黄色的皮毛）。

6. 皇帝的新衣：断文识字者更好哄。

7. 质朴是一些不再需要寻找表达方式的东西。或许根本就没有可以表达质朴的方式。或许根本就没有质朴。

8. 民谣并不质朴，尤其情歌部分。

9. 荷马够累的。好端端不骑马而荷马行走，怎么不累呢？但我们常常如此。

10. 盲诗人都有文化。远溯荷马，近至博尔赫斯。看来文化是一种在黑暗中才探索到的事物。

11. 窗外的火车司机上上下下擦着火车头，像电影中的知识分子惶惶不安弄干净眼镜片。

12. 黑白电影更接近人类的梦。人，很难做到带色的梦。尽管好色的梦时时做到。

13. 据说马尔克斯就很喜欢这个数字。这是植根于本土文化中的写作者面对欧洲所能作出的最直接的反应。

14. "欧洲"，仿佛一种鸟的叫声。这一种鸟，头很大，但眼睛很小。

15. 法国诗人纪亦维的一首诗，题为《无题》。像一条格言。近似浮出一片朦胧月色，唯更靠近的是霜痕。

16. 近似是很好的理由。理由也就近似借口。

17. 一位大师被我们敬重的部分，往往是他与传统近似性的地方。这就有了借口，也就有了借以说服他人的理由。

18. 在文学中，传统就是一两个人的作品。到后来，成为这一两个人的姓名。甚至光留下姓就行，如"李杜"。

19. 名是躯干，姓是脸面。可以捐躯，莫不要脸。

20. 窗外的一棵树。深夜，路灯把它的枝影投放到地板上，我想，拿来一杆秤，我能称出枝影的轻重：几斤？这是早春的一棵树。

21. 早春的一棵树，婀娜着潮气。暮冬的树撕开干干的风。早晨，我站在一棵树下——早春的树在舞蹈，而暮冬的树则是奔跑。

22. 夏天的早晨，我们最先看到的是树。为什么？不为什么。因为我已写下"夏天的早晨，我们最先看到的是树"。

23. 看看我能写出多少树名：桷、榛、榆、枫、榉、槭、杨、柳、槐、桔、桎，好了。这些树除枫杨柳槐外，我并不认识。一个隐士认识的人也要比他认识的树多。

24. 隐士的脸长在胸腔里，心脏却悬在体外：几乎像是卡通片中的幻想怪兽。

25. 欲望是钟表内的发条。

26. 坐在北方的理发店里，剃刀一晃，我看到半匹马落下。白马，热气般的白马。剃刀再一晃，马拉着的干草落下。干草，琴弦般的干草。太吝啬了，只落下一根干草。剃刀又一晃，看来人头对理发师而言，是够慷慨的。"朝如青丝暮成雪"，不问青白，都得落地。像是义务或奉献行为。

27. 北方的理发师手脚特重，捧着我的脑袋，像捧读武侠：刀光剑影，大风呼呼。

28. "朝东50米→理发"，"朝东55米→打铁"，这是我在白墙上见到的黑字，它的精确度由于这偶然的组合已有趣得让我不能怀疑它的精确性。有趣是因为偶然的组合才有趣的。

29. 一对想使婚姻有趣的夫妇，应作如是观：我们是偶然的组合，并非命定的姻缘。

30. 夫妇之间的默契是因为更多的时候都能发出——自如地发出响声。

31. 默契的近义词：暗账。弄不好就是记下的一笔暗账。

32. 细水长流。

33. 长流的水不一定就细。

34. 有些妻子对有些丈夫而言，是些尖锐的气味。这些妻子想到这点时，心里挺高兴。有些丈夫完全把自己简约，简约得只剩下一条鼻子。所以有些妻子很疼爱有些丈夫的鼻子，常常吻它。这情况很少见，也就是说吻鼻子的很少见。更多是吻额头、嘴和脸蛋。

35. 让我们共同发明诉诸鼻子的艺术吧。因为流行音乐、电影和快餐都有了。

36. 喂，老板，别盯紧我，指望我买书。仅仅是大街上充塞着流行音乐和电影的耳目，我暂且到这里躲一躲。

37. 蜷缩在穷乡僻壤，一本没意思的书也会读出意思。

38. 书籍稀少的年头，意义茂盛。

39. 我真为他高兴：我对他一无所知。不是这样吗？

40. 诗人被冷遇很大程度上应归结为诗集这种形式，它能从随手翻开的哪一页上读起——像在狂购涨价之前的粮油和折价之时的内衣队伍中大大咧咧的插队。诗人容忍了这不文明不礼貌，插队者自然就冷遇了社会公德。当然，诗人不代表社会公德，社会公德只在第39段上出现。

41. 理念设计：在诗集里放一块金币，再安下个机关，只有从头至尾读完的人，才能得到它。这像是一个寓言：把荒地挖掘一通后，找到金子。这是小时候就听说的一个寓言。

42. 要么不读，要读就从头读起。决不随随便便地乱翻书页，这像是极不礼貌地打断人家的谈话。读上几页后实在觉得无趣，也就不要抱希望，尽可以把书放下。还可以对书说一声："对不起，我有事先走。"这样才不失君子风度。

43. 他来我处总哗哗翻书，几乎使我难以忍受。几乎使我可以忍受的是在酒席上仕女掏鼻孔和长官用筷子剔牙齿。

44. 爱吃鱼的人，常会心满意足地望着吐出的骨刺：像一位农妇拾掇柴禾。

45. 饮食参预了历史的发展——大摆鸿门宴。

46. 音乐参预阴谋：高唱空城计。

47. 死在韩愈笔下的人，是有福的。

48. 黎明的大地上，一个人挑着空桶汲水来了。河流很浅，看上去很深。阳光没有照到的地方，都会产生某种深度。

49. 黑暗的卵形。在蛋壳中的一根羽毛（如果可能的话），它或许更会感受到将要吹拂它的微风。尽管它已产生，风还在地平线外。

50. 地平线，有时像挂在裁缝脖子上的一把软尺。大地，有时像位裁缝。地平线，有时不像挂在裁缝脖子上的一把软尺，而大地还像裁缝。它常常给自己做着衣裳：春天对襟的翠绿，夏天无袖的火红，秋天圆领的金黄，冬天垫肩的雪白。只是现在的大地——箱橱中的绫罗绸缎已快用完。

51. 深度产生在黎明时期里的黑暗年头。这并不是一件愉快的事。

52. 旷野是一根横线挨着一根横线，仿佛荡漾的回声；城市是一根竖线挨着一根竖线，仿佛立正的士兵。这一根根横线与这一根根竖线交叉不到一起，交叉之际，也是以横线的减少作为代价。要不了多久，地球上都是竖线，我们四脚朝天横躺地上，算作对缺乏的补充。这些人，不是苦役犯，也是艺术家。

53. 每个楼层相同的公寓：在同一位置上吃饭；在同一位置上盥洗；在同一位置上睡觉。噢，我把床搬到最不可能放床的位置，免得心安理得地趴在他们上头。这多不平等。

54. 二月早晨对面大楼的窗户：X光片上的肺部。大楼背后的朝霞：天空咳血。咳，咳，咳。朝霞使我迷醉而血让我震惊。我想起蒙克的绘画，这是一位我所知道的艺术家中大概是唯一使我既迷醉又震惊的画家。蒙克的绘画里，有很强的时间观念，变化，确定。

不是哲学意义上的那种。是钟表上的。所以蒙克会对"马拉之死"感兴趣,这个题材在他那个年头,已被所有的画家丢开。马拉死于时间,而非暗杀。

55. 塞尚是几何老师;克利是代数老师;康定斯基是物理老师;米罗是化学老师;摩尔是生物老师;达利是生理卫生老师;博伊于斯是政治老师;沃霍尔是市场经济老师……梵高是个学生。只有梵高是个学生,甚至有点笨拙的学生。这多不容易。对了,还有毕加索。毕加索——是个体育课代表。

56. 在南美(国家我忘了),有一位含中国血统的画家(名字我忘了),曾有一幅画叫《鸡叫头遍》,影响我一年的欣赏趣味。后来见到他一批瓷盘画,大失所望。我替他着急:画这么多干啥?有的人只要登上山头喊一声就行了。有的人也只能喊一声,这与才华并无多大关系。

57. 赵无极的抽象画:像人类刚发明颜料和墨。

58. 傍晚,我在铁路桥上站立片刻。过往了两辆列车。两辆列车上都有人扔出药瓶。我把它们拾在一起,有五只。说不定还有被我漏掉的。不由得肃然起敬：一路吃药，为了到达远处或不远处的目的地，这要多大的勇气！我整整衣裳，向早已看不见的列车鞠了一躬。周围没有人。

59. 在傍晚的光辉中，我低垂着头，抬高自己的影子。在上一个台阶的时候。

60. 好久没有通宵写作了，今晚，我决定再次品味翌日的头昏脑涨。妻子在隔壁房间里不时醒来：在她醒来的时候，我都能写出一些自觉精彩的段落。想想也可能是精彩的。仿佛水到渠成一样。文章的精彩部分，其实也就是该精彩时它自然而然就精彩了。我感到被呼应的柔情蜜意，这在过去的通宵写作中是从未有过的。我知道妻子睡在一床薄薄的淡蓝色的棉被之下，我想象急急的河流中捺出一条若隐若现的游鱼。

61. 游过芦根的鱼，梦痕亦青。

62. 既不是格言，也不是脸面。既不是貌似格言的脸面，也不是貌似脸面的格言（论车前子此作）。

腊月九忆

一忆杨维桢，元明之间人士。在明朝大概只活了两年，不管怎么说，也像是我们现在所谓的"跨世纪人才"。写诗；绘画；作书；吹笛。写的诗被称为"铁崖体"，铁崖是他的号。画只见过一幅梅花。梅兰竹菊已是符号，高手在扬州八怪里时遇，汪士慎的梅花密中见疏，李方膺的兰草宽衣解带，竹子从能见到的夏昶、柯九思以来，我觉得金农最好。大多数人写竹都是晋帖，金农的竹子绝似魏碑，有变才有美。菊画我没一幅喜欢，性不喜菊：太被人见重看好，你以为你是陶渊明啊！杨维桢的行草书我临过几个月，不像史家所说不合规矩。还是从规矩中来的。个性理应大于规矩，即使是习气，也要在所不辞。只是他的笛声是听不到了。他常抱着支笛，到我家乡的顾瑛那里混饭吃。我的父亲知道家谱，昆山顾姓和我有渊源。我本姓顾，或者说俗姓顾，我不是太喜欢这个姓，字形不美。杨维桢的笛是铁笛，有来处，把拣到的断剑炼成，想来笛声之中含着剑气——"谁为不平事?"杨维桢的心底当然勃勃不平,如果平了,也就不会被当时人视为奇奇怪怪。

传说他母亲梦日里金钱坠怀而生维桢,那么,他是不缺钱花的。为什么还常来顾家混饭?这是我想不通的地方。但我原谅他这个小小的恶习,因为他母亲碰巧也姓李,正和我母亲同宗。我曾问过我母亲,生我之际梦见什么,母亲想了想,说:"腹痛难忍,还能睡着吗?"

二忆郑虔,他捡拾干柿叶习字。唐代还有一位叶上习字的和尚,在芭蕉叶上,是怀素,芭蕉叶使怀素光头苍青,仿佛雨后顽石苔痕,有没有诗意?玄宗曾誉为"郑虔三绝",指他的诗书画。杜甫有《醉时歌赠广文馆博士郑虔》一诗,其中写道:"诸公衮衮登台省,广文先生官独冷。甲第纷纷厌粱肉,广文先生饭不足。"看来郑虔游的是清水衙门,饭也吃不饱。这三绝是绝官绝钱绝食吧。看来好话没用,哪怕是皇帝老子给你说好话。光说好话不办实事,我想想,已是不错。因为实事并不就是好事。好话说尽了,开始办事了,说不定办的是一件大大大的坏事。所以能有好话听听,也是好的。时代不同了,尤其这个时代。

三忆宋惠英,她是我祖母。看到别人用弹弓打鸟,她会说:"作孽，作孽！"看到别人用棍棒打猫，她会说："作孽，作孽！"她打我的时候，也说："作孽呀，作孽。"边打边说。最忆祖母把我往她膝盖上一放，打我屁股。屁股之外皆不下手。她还常常指点我妈："不能打头，会笨；不能打背，会咳。要打只能打屁股，那里肉厚，伤不了筋骨。"

四忆林文言，我只见过他照片一张，拍下的年轻时代。他是徐州人，如苏东坡笔底杏花树下的彭城美少年。为养家糊口，白话文都不写了，遑论文言。据他女儿讲，只抽一种叫"丽华"的香烟，每包两毛左右。烟名妩媚如张丽华，但烟质即使如好色登徒子，也难以好起来。有一代人被沉重的生活和劣质的香烟毁掉，他们的才情，他们的想象力，我们是无过之而犹不及的。就像这一张照片一样，只留下点风声云影，只留下点风声云影。

五忆艾青，在一九四五年一月十三日延安"边区群英大会"上获得甲等模范文化工作者的艾青。除艾青外，文艺界获甲等奖者还有吴印咸、齐燕铭、陈波儿、古元、王大化、周巍峙、吴雪、汪东兴等十六人。中共中央党校劳动英雄模范工作者选举总筹委会为推举艾青而写了评语，评语中一些文字很好，不空泛，给我想象，现摘几个片段，括号部分是我的"想象"：

艾青，男，三十五岁，浙江省金华县人，专门学校文化程度，作家。被选为甲等模范工作者的事迹（直接写出岁数，不标生于几几几几年，免去计算麻烦，照顾到没学好算术的我辈和山中不知年的隐士。从中也能看出那时办事的干脆利落）：

1. 在整风以来，执行毛主席的文艺方向，于去年赴吴家枣园调查，写了《吴满有》的诗篇，并给吴满有朗诵（不用想象，艾青盘腿坐在炕上的情景已历历在目：艾青坐在吴满有对面，隔着炕桌，炕上炕下或坐或站满人。艾青朗诵上几句，朝吴满有看看，吴满有就"嗯、嗯"点头，炕上炕下的人也一同嗯嗯点头，艾青就再往下念。炕桌上放着小米馍、油糕、红枣和烟叶。许多年后，艾青还想起吴满有煮羊肉给他吃，说味道很鲜）……

2. 他在去年自动地积极参加秧歌活动。……都给观众以很大的教育，如文化沟二流子看剧后领纺车（我80年代赴延安时文化沟还去过，也见到了二流子——因为没逢上看艾青的秧歌剧。那个二流子看剧后领一辆纺车，在歪歪扭扭走着：他还从来没搬抬过正经东西。但兴致很高，边走边唱：

听见哥哥的脚步声，

一口舔穿个窗窟窿。

看见哥哥走近来，

热身子挨着个冷窗台……

　　不一会儿，文化沟二流子头上就晚霞满天）。

　　3. 他写《秧歌剧形式》一文，……现在这篇文章已印成小册子，并正在教育好多大众的文艺工作者（《秧歌剧形式》，多好的题目。也是一篇很好的散文题目，如果让鲍尔吉·原野去写，教育人可能教育不了，好看肯定很好看。附忆鲍尔吉·原野，他手抓羊肉能吃一盆，"二锅头"能喝一瓶。我对古往今来能吃能喝的人都表示敬意。小时候读《水浒》，喜爱梁山好汉处就是他们的能吃能喝："來上白干三斤，牛肉五斤，我说店小二，白干不得掺水，牛肉要干切。"而不是劫富济贫反贪官杀人放火除污吏）。

　　艾青同志也有他的缺点，如个人主义、个人英雄主义残余。如能改正，他更有远大的前途。

　　——摘录完毕。

　　六忆索菲亚·罗兰，人说她的脸一边比另一边好看，性感。我起先不信，以为是明星包装出来的神话。后来见到济公和尚，他的脸就是一边和另一边不一样。用此参照，济公就不是神话。索菲亚·罗兰说过："恨是未完成的爱。"多年以来，我深受影响。不敢恨，也不敢爱。既然"恨是未完成的爱"，那么爱一定为未完成的恨了。

这也说得通，有爱必有恨。无爱无恨，未必无情。

七忆顾红柳顾睁，我的两个妹妹。大妹妹怕火，我常拿火柴吓唬她。小妹妹什么也不怕，我就和大妹妹联合，曾把她捆绑起来。那时，我学针灸，大妹妹学琵琶，小妹妹什么也不学，只喜欢模仿扬州话、上海话、无锡话——她想演滑稽戏。长大后，兄妹三个，没一人想去实现少年时的理想，找只饭碗，结婚的结婚，远离故乡的远离故乡。在我们的楼墙外，有一棵大广玉兰，夏天时候，兄妹三个悄悄爬到屋顶上，去摘花儿。从没有摘到过。

八忆吴新雷，他是我短暂的大学时代的先生。教我们中国文化史。考试时候，我带了墨、砚台和毛笔去答卷。后来他在苏州开吴梅纪念研讨会时，我碰巧在北寺塔公园里遇见他，先生牵着我手，说："师生同游，如何？"我挽着先生的手，绕塔转了一圈。先生说起我考试的事，我不好意思。他说："没什么，年少就要气盛。"我还断断续续听过廖开飞、卞孝萱、吴功正诸位先生开的中国文化史课程，诸位先生都很爱护学生。吴功正先生不是南京大学的教授，是社科院的研究员，外聘来给我们讲魏晋南北朝时期的文化，结束时要写论文。那时候，我除写诗，其他的都怕写。我就给吴功正先生写了一信，算作论文。大意是先生讲到雪夜访戴时神采飞扬，极感染学生。听先生的课,我是一路有兴趣的,只是现在要作论文,我就有点像快到戴家——兴已尽,能不能容我以后乘兴呢?或许写出部《世说新语》。吴先生给了我一个及格。

那天,与新雷先生同游于北寺塔内,时近傍晚,正是"黄昏到寺蝙蝠飞"。20世纪90年代的某一日,和不朽的古人暗合。

九忆阿甘。我已搭足阿甘经典的架势,在这里坐了整整一下午。已一个下午,还是没看到一根羽毛,它神一般降临在我的脚边。这个城市的天空,早很少有鸟飞过。更禁止养鸡,也就看不到鸡毛上天。没有洁白的羽毛,看一根飘飘的黑鸡毛也是好的。一个下午,这个城市一毛不拔。我想阿甘也属于那五百年才出得的一个圣人,或者傻瓜——如果你以为阿甘是傻瓜的话。

尘埃[1]

我坐在圆谷酒家金色屏风下面。上午它是灿烂的。上午,有跋扈的光线。我与几个人在屏风下面说话,范围大致在天气、男女和时事之间。不经意一回头,我不经意地回过头去,就看到屏风顶端一缕轻盈的灯草。一缕灯草会使我离开这里,并从谈话者中间抬起头来。我抬起头,灯草冉冉。想象的灯草它有比喻的光芒:强烈了,就是芒刺在背,而一旦柔和,就为散步之细线。她的嗓音如一根细线,绕在大伙儿指间,我从这里到那里,像从一座公寓到另一座公寓。更多时候,我是一个人独自坐在圆谷酒家金色屏风下面。到下午,金色屏风上的金色仿佛一堆土黄。光线转弱。因为光线转弱,空间和器物就显得暧昧。我呆呆地坐着,心事若云若烟。也有若霞的时候。那个时候,就是我想在金色屏风上画一树红梅。枝干如刀,花朵如雪,大雪满弓刀一般。但这是白梅。我要画红梅:枝干如刀,

---

1.《小记事本》前言。

花朵如血，似风尘中的侠女，如沙场上的先锋。梅花有点像风尘中的侠女，于妩媚中透漏出利刃的啸声。杀尽天下负心郎！我悲哀地觉得：我也在劫难逃。于是，我就换个位置——我的后背感到冰凉，我坐到金色屏风对面，避开杀气。

红梅不见了。我坐在金色屏风对面，看不见红梅了。我想在金色屏风上面画一树红梅，其实，我是已从这屏风的金色中感到红梅一树正在愤怒地开放。下午，我独自坐在圆谷酒家金色的屏风对面。我坐在这里，她来了——她是酒家聘用的一位会计，她每天都在这个时刻来临，像星期一总在星期一这一天到来一样。她的皮肤黝黑，她的汗毛细长，据说她是一位印度尼西亚姑娘，不，她已有一个女儿，所以，据说她是一位印度尼西亚少妇。从我身边，她走过，折进吧台：她在里边不停地按计算器。她多像个精打细算的家庭主妇。南国姑娘，剥着橙子，与波涛交换着坐在海滩。她何尝不想这样呢？就像我何尝不想在金色屏风上画一树红梅，然后，烘着红泥小火炉，昏昏欲睡，等着失散多年的友人慷慨归来。

有时候，我坐在圆谷酒家金色的屏风下或金色的屏风对面，会什么也不想，紧盯着面前小桌上的水杯，我一点也不渴啊。喝，人类为水而保留的习惯。

风吹来，我感到了冷。已是深秋。我近来常常从金色屏风上看到几株芦苇、一头墨雁。红梅如果是热烈的梦，墨雁，就说得上一份有些瑟瑟的心境。心境瑟瑟,芦苇瑟瑟,墨雁也瑟瑟。是墨雁的翎毛瑟瑟,是墨雁的颈毛瑟瑟。墨雁的柔颈弯过屏风,在金色中打击出一个锐利的角度。金色消遁,只是屏风还在。只是屏风还在这里。

有时候,我能透过金色屏风,看到屏风后一张餐桌,上面,放着一瓶绢花与四套餐具。那张餐桌似乎从没有人坐过。一个人、两个人、三个人、四个人。四个人坐在一起用餐之际,就是一个人。我想把四个人画上屏风,把他们的脸画得嫩红粉绿,敬畏地围坐在一张四方的餐桌边,瞧着洁白的餐具而一声不吭。空间已经太小,早容不下十三个人同时心照不宣地用餐——这个世纪末,只能给四个人留下一个各怀己见的位置。

夜晚,金色屏风是沉默的。大堂里的灯光,使它具有一层聋哑色彩。我坐在金色屏风下,与几个人说话。他洗头回来,神态如一盆黄焖长江鲈鱼。生意清淡,厨师长捧着茶杯出来,坐在我们之间,听我们说话,有时,也问上一句:

"味道怎样?"

他捧着的茶杯上,有三五匹木马图案。我感到光线,我看到尘埃。我写下一首名《尘埃》的诗。我把《尘埃》这首诗写在小记事本上。这是我在小记事本上写下的第三首诗歌。

这个小记事本,我把它放在口袋里,我看到什么,我就在上面记下什么。在这之前,我看到三座高桥和一个疯子。在看到三座高桥和一个疯子之后，我看到尘埃。因为我记下三座高桥和一个疯子，所以，我也记下尘埃。这个小记事本，是一位嘉士伯啤酒促销小姐送给我的。有一天，她神秘兮兮地把我喊到一边，说要送我东西。我以为是封情书或者是只戒指，结果是这本空白的小记事本。在我得到小记事本之前，我把我所看到的都记录在随手拿来的点菜单上，随写随放也就，随丢了。嘉士伯啤酒促销小姐嘴巴左下角有一粒绒绒黑痣，仿佛心理学的葡萄干。一次，我拿过她的左手望望，我说：

"这样的痣在你身上还有四粒。"

她说："你怎么看见的？"

我当然看见。我在小记事本上写下我看见的事物——我看见三座高桥，我就写下三座高桥；我看见一个疯子，我就写下一个疯子；我看见尘埃，我就写下尘埃。但我没有写金色屏风和金色屏风上的红梅、墨雁和四个用餐的人。因为我根本没有看见过金色屏风和金色屏风上的红梅、墨雁和四个用餐的人。

是为前言。

诗歌故事[1]

《自命不凡的人》

　　我不太喜欢这个题目。或者说我不喜欢自命不凡，从不喜欢。好像是从不喜欢。有时候觉得自己是门楣上大写的"鳳"——一只凡鸟，所以常常想飞。在我的诗歌里，飞总是会突然地展开翅膀：尘世的苦难反而使灵魂有了向上的欣悦，我想我几乎没自命不凡过，过去是一腔谦卑，现在为满怀虔诚。当然，不屑也是常伴着我的，像影子一般忠实。这当然说的是有太阳和灯光的时候。那一年，我常爱穿一件绿衣，布质的绿色的衣服。那一年，皮装才百把块钱一件，而这绿色的布衣却要七十多元。款式很特别，以至在我的城市里好像只有我一个人穿着。要说自命不凡，大概就是这自命不凡丢人现眼的穿着这一件绿色的布衣了。我知道在我们过去的历史中有

---

1. 为《车前子自选诗》而作。

个朝代，衣色中视绿最为低贱。就是说低贱的人才穿绿色，或者说也只能穿绿色，或者说只被允许穿绿色的衣服。但我是多么喜欢低贱的事物，尤其在这一个普遍崇尚高贵的年代。应该说也不是我喜欢不喜欢的问题……那就在低贱中慢慢地成长低贱吧，于是，我差点成为一个精打细算的家伙……我被安排在一个仓库工作，穿着绿衣，呆坐在仓库的货架上喝啤酒，用左手和右手给自己弈着一盘棋。抽烟的时候，望望窗外，窗子很高，只有爬到货架上才能看见窗外，窗外是一座房屋，准确地讲是这一座房屋的这一堵墙。这时候，家庭已有隐隐裂痕，一位女孩子又常来看我，给我送啤酒、香烟。"蛀空了"，我想的确是"蛀空了"。要说自命不凡，那一刻还真有自命不凡的感觉：至少是为之流汗的虚荣。福克纳说："不能有恐惧或其他任何东西。没有爱、没有荣誉、怜悯、自尊、同情和牺牲等古老的普遍真理，写出来的故事注定失败，必然朝生暮死。"而对于一个人而言，没有爱、没有荣誉、怜悯、自尊、同情和牺牲等古老的普遍真理，这一个人注定失败，必然虽生犹死。"面对的是一座尖顶房屋／这样式在苏州能常常看到"，现在已很少看到。苏州的现在，已是一个建筑工地，已是一个割断记忆的地方。看来我更没有条件自命不凡。

《柄》

这是我在大学时代写的一首诗。打牌把饭菜票输光，为了抵制饥饿，我就写诗。写到眼皮耷拉，确切地讲是眼冒金星，我就躲到被窝里做梦。饥饿之际，常常是不同的饥饿感会同时涌来。在这首诗里，我用谐音、转注、脱胎换骨等不同方法，像是不同的饥饿感。像是很有文化的样子。大学时代的饥饿，也的确像是很有文化的样子。当写到"一个叫'柄'的人回来了"，我感动了自己。人在生活中总得抓住点什么或被抓住点什么。往坏处讲，被他们抓住把柄或抓住他们的把柄，这样，大家似乎就都踏实。这首诗被两位英美学者翻译的时候，有位协助工作的中国小姐对它进行过阐释，使我大开眼界。诗歌一经写出，阐释权就不在诗人手里。听说她目前在美国做律师，上帝保佑，愿她打赢到手的官司吧。上帝要保佑一位律师起码比保佑一位诗人要容易些。

《春夜的游戏》

这首诗后来有两个文本。另一个文本排列成一头飞鸟：形状出自布朗库西的青铜雕塑《飞翔的鸟》。当初这件作品去美国展出，美国的海关人员坚持要收税，认为这不是雕塑，仅仅是一长条青铜。站在现代艺术面前的海关人员现在早站在后现代艺术面前了，变化的是艺术，海关人员是不变化的，所以他们能赚大钱。

《清代一个召唤皮肤的海外华人》

当只有肤色成为靠得住的证据时候，对皮肤作象征意义上的召唤，不论是肯定，还是否定，这都像要返回到内心一样困难。也就是说，当内心也是靠得住证据的时候，皮肤倒像一位伪币制造者。这类想法在说法上有些困难的话，就不如把此诗看成为一幅风俗画，一幅拙劣风俗画。异国风情呢还是本乡风俗？这与画中人有什么关系！在风俗画中，人不是主要的，从来只是风俗的侍卫。风俗使人赖以为生，既不是本能，也不是信仰。所以移风易俗会使大部分人失业，一些人获得机会。这又是另一回事了。

《新骑手与马》

这首诗建立在一个比喻上，忽略这点，就无法解读。我想我们的社会基础也是建立在一个比喻上的，不了解这点，也无法解读。

《苏州的深秋》

我在苏州生活这么多年，却还常常怀有新鲜感。这可能与我假想血液中是一个少数民族有关吧（诗人的血液常常是种假想）。终究我是个异乡人。我应该在我的山头上种苞谷，想不到却在这城里爬格子。但我真的喜欢深秋时的苏州——像我日常里喜欢的女人，她或多或少总得有点悲剧性一样。世俗的快乐有点悲剧性，也许才能避免为一场胡闹。或者说鬼混。这首诗使神秘具有朴素、简单的形式，神秘成为触觉、空气和需要缄默才能听到的响声。我崇尚神秘，有时候它就是一种最为直接的力量。

《三个比喻》

一个比喻也没有。

《数字符号组曲》

这是克利一幅绘画作品的名字。有时候我觉得克利很像我读中学时的数学老师，对我很有耐心。但我却常常开玩笑。在这里，我也给克利开个玩笑：我把对毕加索和米罗绘画作品的感受，移到克利这幅绘画作品的名下，就像我在中学时代常干的那样——在数学课上常读小说或化学课本。在中学时代，我最爱的是化学，我觉得其中有被科学所保留的巫术意味。毕加索是个精力过剩的纵火犯，米罗则是梦游的顽童。而克利总有点像斤斤计较的制秤工或小心翼翼的修表师傅。这并不影响他，相反，我从他那里接受到现代艺术的精确性。他精确地表达出来，为现代艺术中唯一一个充满灵感的匠人。这篇文章我是从昨晚九点钟左右开始写的，写到十二点时上床睡觉，刚写下这个题目，正好钟敲十二点。钟声在深夜里好像解开衣服上的纽扣。想起她了。她昨天上午给我说梦：一条小蛇温驯地盘在她腹上，一条大蛇从她身边游开，已游开了，猛然掉过头来，凶猛地看她一眼后，把她缠住。我竟失眠，起床后开始续写此文——附记。

《中国盒子》

这首诗我已想不起写作日期。中国盒子是一种玩具：大盒子套着小盒子，一只套一只，可套十多只。这是典型的东方风格，也可说是渐悟术道的方式。抛开这些不纯粹因素，从抽象艺术的角度来看，它已基本接近完美的形式。这中国盒子一直使我迷恋，我寻访过多家玩具店和古玩铺，都没有找到。这就使我更迷恋了。后来我得到过一个变种，为俄国玩具，是过去的女友送给我儿子的，还告诉我俄语名字，只是我早忘记。过去的女友送我儿子玩具，这使我有点尴尬。这玩具是列宁套着斯大林、斯大林套着赫鲁晓夫。最后一个好像是戈尔巴乔夫。这首诗的写作，在结尾部分之前，我想写出一层一层的进深感——仿佛进入皇陵。所以在诗句中会冷不防让人见到"皇帝"两字。在结尾部分，我想使进深感消失，成为一张平面示意图。这一切，不，这或许能表明一切都无非是纸上的真实。纸上的真实可以超越时空，使时空真实不起来，仿佛一张平面示意图的图——纸。于是，中国盒子原先的等级性与结构被打破，我产生这样的错觉：是一只小盒子在逐渐地扩大或一只大盒子在逐渐地缩小，只有一只盒子。

《吃芒果的人》

是我最为浮躁时期所写的作品。那时期，我半真半假地参与经商活动，钱没赚到，却常常在酒桌上喝醉。这首诗中的一句写出了我现在对那时期的感受："厌食的饥饿就是蠢蠢欲动"。

《夕照·十四行诗一首》

除了十四行之外,与十四行诗体毫无关系。已听到鸟叫,快五点了。我是三点钟从床上爬起续写的,接近两个小时。我的写作速度越来越慢。

如期而来如期而去 [1]

秋天给普希金带来灵感！那是俄国的秋天。在苏州，苏州的秋天常常一连几天下雨：被子、家具，阴湿入骨。这样的日子，我只有冥想。由于下雨，也就很少出门，拉上窗帘，房间里二十四小时都有灯光。冥想使我进入状态——

语言给我带来自由。

自由：在语言之中，我有了往事和生涯，有了朋友们的声音和乳房。语言先我存在，契机却是一缕灯草般柔软的阳光、一群提着饭盒下班的工人、一块绿色的糕点或者是我在理发店时感到的恐惧。我极怕理发，当我坐上转椅，理发师把白围单往我身上一盖，并在脖子后打个结时。从镜子里我盯着理发师：他打开剃刀，在一条布片上刮了刮。所以我一年只去一次理发店，六七月间去剃个光头，一年下来正好长发披肩，我就又去剃个光头。阳光照在头上，头皮

1.《点心师的杰作》后记。

很烫，于是我不无恶意地了解到开水中鸡蛋的痛苦。

恐惧和痛苦是两回事。焦虑和恐惧和痛苦又是三件事情。焦虑更为普遍——生命的目的只有一个，就是去死，矛盾的却是在这过程之中往往为生而焦虑。死不是死亡，死是杰作，死亡是劣作，而更多的时候是劣作。为了可以区别开死与死亡，冥想使我进入状态——如月光下的舞蹈。

我见过一位在月光下舞蹈的女大学生，有时想起她的时候，也只有这一点。与她相交一年，只有她在月光下舞蹈的片刻，让我动心。她的衣服溶进她的身体，她的身体溶进她的舞姿，她的舞姿溶进房间里的月光。这时候，死是那么清晰地浮现，我们是那么欣悦：正是由于死，给生活带来诗歌、音乐、绘画和舞蹈。艺术家在世纪初是堂·吉诃德，在世纪末就是哈姆莱特——他听到不知名的国王父亲的声音，于是成为自己心目中的哈姆莱特。我还是有点不同，我的使命仅仅只是如期而来，如期而去。

纪念一只纸箱

《俗语的织布机》是我应某出版社之约而编选的诗歌小辑,有不同时期的作品四十余首。他们想出本十来个人的选集,我觉得这主意不错:像搞一次聚餐,有吃有喝、有说有笑、有打有闹,尤其在本世纪末,挺好的。只是后来有点变化,成为近三十个人的一盆什锦。这也不错:迹近运动会的闭幕仪式。团体操女演员的腰身和杂耍艺人的手脚都有了。还有气球。还有焰火。

我非常珍视这一辑诗歌,因为辑中的大部分作品来自于一只纸箱。是一只纸箱为我提供了大部分作品。这只纸箱在我办公室里,有七八年,我随手写下的东西,就放进里面。已放得满满,以至打开后必须用力按压才能再关上箱盖。这只纸箱最近被人丢弃——当作废纸论斤卖给路上的收破烂者。原因是那一阶段我没有上班,单位正装修。我的单位每次换一个领导,我的新领导所做的第一件事就是把他的朋友或亲眷或关系请来,重新把单位装修一下。几乎每次都是这样。我的单位是个学校,我想面目常新的学校一定是个校长常换的地方。这一次,我的新领导的装修关系因为关系到装修就把我的纸箱丢到办公室外,后来,又论斤卖掉。卖给了路上的收破烂者,他们大抵是安徽人。于是,我就有一份幻想:安徽有《诗歌报》啊,那里的人可能对诗歌的麻木会少一点,替我保存起来。

那一天,找不见纸箱,我还真着急。只觉得身上的汗一下子泄出,分不清是冷是热。像一头撞进浴室,眼镜片模糊。下午,我平静下来,心想还好,比起"文化大革命"中的诗人命运,我可好多了。我只被他们丢弃一只纸箱。所以,我非常珍视《俗语的织布机》这一辑诗歌,因为辑中的大部分作品,来自于那一只纸箱,看到它们,我就能亲切又可惜地回忆回忆那些走散的姐妹、消逝的老屋和毁灭的城市。

俗语和诗歌,都出于经验、结晶体和私人或地域的掌故,从大同小异的观点来看,它们是大同小异的。而织布机是这样的构造,它需要不懈的劳动、单调的劳动,也需要不断的变化、复杂的变化。劳动与变化,都是谋生的方式——或曰精神谋生。至于织出的布,有没有市场,那是市场问题。故名《俗语的织布机》。

今日整理书架,找到《俗语的织布机》底稿,写上这些话,算是了断。

纪念一只纸箱。

这只箱子又旧又脏,之前是装地产粮食白酒的。在箱子表面,有一次,我儿子来玩,用红色的圆珠笔写下几行字:

"春天吹着我吃果子,

路上有一条狗,

和一条癞皮狗。"

"癞"他不会写,写的是拼音。这我记得。

《影影集》两则及说明

花与果

　　一朵猩红和一朵雪白的花,凋谢,开放。看到它在今年里凋谢,觉得美,就像要等一个人死了才觉得他的好。只是比方而已,人花不同。人死不能复生,而花还会再开。尽管再开的花不会是凋谢的那朵,但它毕竟开放了——我就等着来年。也许花只在凋谢之际大美,也说不定。花。花朵。花花朵朵。一朵花,一朵朵花。一只果。绿色的果子,金黄的果子,佛手随便怎么看,也不像是果。古雅的气息袅袅冉冉在佛手金黄指间,舍不得吃,作案头一本正经的清供。

　　童年时候,识些花果,对一生都会有影响:起先是花,后来是果。当然,一个人也会是无花果,更多的时候则是无果花。因为相对来讲,童年总是如春花一般亮丽。即使穷人家的孩子,他也有花开的一段时光。

天井角落，有一棵万年青，种在釉色极好的菱形盆里。这菱形盆像面镜子，照出它翠绿的姿影，恍如隔世。也真隔世，这棵万年青是我曾祖父亲手种植，孤独着百年枝叶。我从没见过它开花结果，我的祖母说，她也只见过一次，是她刚嫁过来的那一年。我愉快地想象着祖母新娘：她调皮又羞涩地掀起红盖头一角，并没有看到作为新郎的祖父，只见天井角落这一棵万年青，捧出字里行间不断划出的一队红圈。我曾见到家藏的一部《水浒传》，书页上常常有红圈绵绵漾过，很可能是我曾祖父手笔。我的祖父不爱读书，只喜欢喝酒。我的父亲极爱惜书，他读过的书都像新买来的一样。至今我读他的书时偶尔折角，他见到都要叱责。父亲不会划红圈，他只在书的扉页写下姓与购书日期，连名都简约了。友人给他刻过藏书章，也不愿打。说印泥时间一长都要走油。小时候人家来借书，我和妹妹会把书名记下，不是怕他们不还，是怕他们弄脏弄皱而父亲赖我。一日读《三曹诗选》，他说怎么有油迹，就摸了摸我手。我的手很干净，而他还狐疑着，我就拿出借书单。他看看，不吱声了。从此，他大概觉得儿子已有心计。父子之间，父亲觉得儿子有心计了，就会放下架子，客气起来。就像我现在对我儿子岂止是客气，简直恭敬得很呢。记得我问过祖母，万年青的果实是什么样子的，她想了想，说："像樱桃。"语气很肯定。可惜那时候我樱桃还没吃过。这么多年来，我只吃过两回樱桃，和见过一回人家吃樱桃。那一年，在大连的有轨电车上,一晃而过的见到人行道上有两个姑娘在吃樱桃:若干红色的逗号在风中点断芳香季节的长句。她们清浅的身体在渐渐涨潮,一位紧着海魂衫,另一位也紧着海魂衫。一道蓝隔着一道白,仿佛淡白的人行道隔着傍晚那钢蓝地伸长在电车哐当哐当下面的铁轨。八十年代在南京求学,我又吃到一回樱桃,离上一回足有二十余年。还是大名鼎鼎的"晓庄樱桃"。后来认识一个女孩,很任性,但我待她有我罕见的耐心。因为她是晓庄师范毕业的。冲着她在生长樱桃的地方呆过几年这一点,我能不具备些耐心吗?晓庄樱桃是二十年才熟一次。又大又红,的确好吃。我好像已在散文中几次写到樱桃了,现在想来,大概就是这个"万年青情结"。万年青的果实还是没有见到过。小学时候,习作国画,才在《齐白石画辑》里见到。他有一幅画名"祖国万岁",画的就是万年青。我临摹下来,只是把"国"字改成"母"字——"祖母万岁"。祖母知道了,连忙说:"这是反动的,小心被人抓起来。只能说毛主席万岁。"顿了顿,她又说道:"活那么长干啥,又不是猢狲。"在苏州有句土话,叫"千年不死的老猢狲。"猢狲即猴子,有关猴子的寿命,我无这方面知识,想来应该不短。所以在祝寿的画幅上,除了"老寿星"外,还有"猴子献桃"。

"为什么是桃子,画中的猴子不能捧只梨?"儿子问我。

"王母娘娘有蟠桃会,桃是仙桃。梨是离,寿星会不高兴的,咒他离开人世。"中国的民俗民风，有许多谐音色彩。猴子献梨，倒是幅漫画，可以讽喻做了官而对长辈不孝顺的官人。看来桃是个仙桃，猴是只官猴，而龟更好。虽说"神龟虽寿，犹有竟时"，以我的知识来判断，龟的寿命一定比猴要长。据说呼吸中有一种为"龟息"，凡人有此龟息者，必为大器。基于这个思路，我画只乌龟背驮鲜桃，碰巧哪位朋友生日，就能趁势送出。满怀着祝愿的好心肠，我还在乌龟宿墨的背上，用藤黄染染——可以视为金龟。

我种过桃树。

其实也不是存心种的，吐颗核在天井里，它居然抽枝出来。第二年，天井的泥地里抽一枝细长的桃树，我才想起去年我曾在那地方吐了一颗桃核。说桃树是夸大其辞了，只是一根桃枝，摇着几片窄叶。当然，有机会的话它会长大成树的，只是没这个机会，它命薄。被我表弟连根拔起。待我发现，再种下，第二天就萎黄了。前年暑假，表弟在我家吃无锡水蜜桃，汁水溢手，我猛然想起这往事，顿觉得他屠杀过一棵桃树，双手沾满春天的鲜血。表弟把它连根拔起的时候，一弯腰，正是春天。

卖水蜜桃的，都说卖的是无锡水蜜桃。就像作家协会的司机所言，他迎来接去的南来北往的作家们，都感觉自己是最好的作家一样。作家要卖的桃子，也不会是水蜜桃，一般而言是统货胆汁桃：皱紧了眉头作拯救芸芸众生状，吃尽了苦头写以为的凤凰遍体文章。

为人生的作家卖桃子，为艺术的作家吃桃子，我想都很好，如果硬要把人生和艺术分开的话。不好的是那些有剽窃爱好的作家，常常下山来摘桃子。在苏州，一到夏天，街上卖水蜜桃的，都说卖的是无锡水蜜桃。无锡水蜜桃在江南一带，很是有名。卖桃子的挑着蒸笼，一层一层地放着姑且的无锡水蜜桃，精致点的，还在上面撒几片露水蒙蒙的桃叶。看到蒸笼，我很开心，像是要过年。记得小时候我很少见到祖母用蒸笼，好像只在年夜饭后蒸年糕才用。蒸笼在灶头呼呼地飘着白汽，这时候，就能闻到桂花和白糖的香甜。

　　桂花一开，日光里都是碎碎的金粒，在蹦，在跳，蹦过一泓秋水，跳过半堵影壁。而到夜晚，月色间的桂花，只听其香，不谋其色，这色已无足轻重，因这香正流金溢彩。香即是色，仿佛一入侯门而悄然寄水而出的几片红叶。

　　桂花开的时节，我发现一个恶人。

　　他的门前有棵老桂树，到时几位邻居老太会采一些桂花，用来糖腌。土话说渍，盐腌糖渍。但《现代汉语词典》里没这个说法，只得普通话地规范为糖腌。糖腌桂花，简称"糖桂花"，蒸年糕时放一点，也煮在汤圆里，无馅，娇小，我们叫小圆子，即桂花白糖小圆子。这是传统的风雅。老太们采一些桂花，也不折枝。他就在一旁笑眯眯地看着，说："多采点，多采点，不采也要谢的。"我姑祖母也去采，他吞吞吐吐地劝阻了，后来才知道他在上面喷了"敌敌畏"。他在上面喷了"敌敌畏",用自己的尿液稀释。糖腌的桂花不能水洗,否则败香。他在桂树上布置好作业后,就在一旁等邻居老太们来完成每年的功课。他手抄在身后,笑眯眯地说:"多采点,多采点。"他对我姑祖母发善心,想来是有点内疚:借走一套民国时期的漆器,说是弄丢了。

姑祖母对祖母说道:"人心多么龌龊!"祖母望望姑祖母,说道:"不是龌龊,是恶毒。"

所以至今我糖桂花一概不吃,也就在很多地方失却传统的风雅——由于一个人的恶毒,这生生流转的风雅传统在我身上竟"咔嗒"终止。

见得最多的是凤仙花和鸡冠花,我喊作"指甲子花"和"鸡冠头花"。凤仙花可以染指甲。因为我的祖母和我的姑祖母和我的邻居老太都这么喊的:

"呀,指甲子花又开了。"

开了一甲子。

"长得还真高!鸡冠头花。"

这鸡冠头花!

鸥鸥外外鸥鸥

鸥鸥外外鸥鸥是一个诗人的回声。是一个诗人名字的回声。当我们循着这回声找到枯木荒坡之上，就会见到这一个诗人。就会听清这一个诗人的名字。这个诗人，是个名字都成问题的诗人。有时候写"鸥外鸥"，有时候作"欧外鸥"。有一次，这个诗人的朋友对他说，你这个"鸥外"，像森鸥外，再说，也没有"鸥"这个姓。他把它改为了"欧"。森鸥外是日本作家。那时，正在抗战。鸥外鸥睁大眼睛，"哦"了一下，"鸥"就在飞翔途中欠欠身体，成为"欧"了。欧罗巴之外的一只亚洲鸥。这个诗人原名李宗大，名字也不错。"宗大"，有取法乎上的韵致。还是不及笔名。鸥外鸥这笔名倒着读也是鸥外鸥。即使改"鸥"为"欧"，声音上还是倒得起来。不会倒成鸥内或欧内，欧内是欧内斯特·海明威。鸥外鸥有时候就像欧内斯特·海明威笔下的《老人与海》。是《老人与海》之中的老人，或者是那条鱼。那个老人和鱼，在鸥内斯特·海明威看来，完全是一回事。我不是这个看法。我的看法要简单得多。简单得像一个老渔夫只想打到一条大鱼；简单得像一条大鱼最后只成为一副骨头。这简单吗？像吴清源所说的"不搏二兔"，这简单吗？但我还是把《老人与海》看作简单的故事，一只有关打鱼的故事。就像我把把鸥外鸥看作简单的故事一样。一只有关写诗的故事。一只有关一个人一生只想把诗写好的故事。一只有关一个人一生不怕冷落只想把诗写成自己的诗的故事。诗的故事并不都是要写好，或者说把诗写好的故事。有时候能够写坏，这就不简单了。写坏的时候往往是把大家的诗写成自己的诗。这样，就是一只有关写坏的时候往往是把大家的诗写成自己的诗的故事。西线无战事，诗坛无故事，尤其是写坏的故事几乎没有。写坏的诗像一个坏孩子，不听大人的话，发脾气。一个发脾气的孩子，多好。起码是多好玩。涨红了脸，握紧了拳，喊叫或沉默地与大人世界挑战，多勇敢，也多好玩。不听大人的话，发脾气。一个大人常常迁怒于人，那么，为什么就要求孩子发的脾气都要有道理呢？这是什么道理！但鸥外鸥是只故事。起码他的笔名是只故事。鸥外鸥的诗歌我只看过三首以及七八个诗片段，我很惊喜。给你一个惊喜了没有？我不知道，我是确确实实很惊喜。据说他一生只出过三本诗集。两本在一九四九年以前出的。有一本叫《鸥外诗集》。鸥外鸥又姓鸥外了。既然可以改姓为欧，当然也能复姓鸥外。鸥外鸥对姓名的这种随意的态度极让我钦佩。他使自己的姓名也成为他创作着的诗歌的一个部分。只是让户籍警感到麻烦。反正那时还在一九四九年以前，都是流氓恶棍警察，麻烦麻烦他们也好，这也属于正义的表现。我想鸥外鸥唯一用行动表达正义的事件就是把自己的姓名改来改去，以麻烦敌伪时期的户籍警。鸥外鸥对姓名的随意态度让我钦佩，就像钱锺书对姓名的不随意态度也让我钦佩。据说,他的"錘"必须是"錘"。这都是一种自由。或许是仅有的自由了。就是这自由,也不是人人都有的。比如我"车前子"的"车",繁体为"車",但常被人改回去。我的愿望很简单:人穷呵,想有一块田。繁体的"車"中依稀有"田"。从鸥外鸥这种随意的态度中,我感到自由的气息。一个怀抱着自由元素的诗人,自由召唤出创造力,使他在生活中发明诗歌。或曰在诗歌中发明诗歌。诗歌像电。一八二〇年,丹麦物理学家奥斯特和法国物理学家安培发现电流的磁效应,十多年后法拉第又发现电磁感应现象。于是,在电能这个概念中,皮克希、惠斯通、西门子发明电动机与发电机。于是,德波里发明发电站与远距输电。于是,爱迪生发明电灯电影。于是,亨利和莫尔斯发明电报。于是,贝尔发明电话(像有种感应,写到"电话",电话就响:是妻子打来的电话,与本文写作无关,内容故略)……一代又一代诗人,在诗歌这个概念中,发明诗歌。或者说一个又一个诗人,在诗歌这个概念中,发明诗歌。或者说,一代又一代诗人在享用着一个又一个诗人的发明。我不知道鸥外鸥发明什么或没发明出什么或将发明出什么,因为他的诗歌我读得很少。鸥外鸥的第三本诗集,我见到过,但没有买。那天,我和女孩约会。约会时手握一本诗集,不管是鸥外鸥,还是王中王,感觉上总有些作派吧。这已是近二十年前的事了。想想近二十年。这本诗集的封面大概是米黄的,黄永玉题签,鸥外鸥自己画上几笔:

若粗若细若枯若腴的几根白线。那时候,我挺喜欢黄永玉的画,心想:呀,国画也可以这样经营。后来只钦佩林风眠。翻了翻诗集,一些字扑面而来奇峰突起,像桂林的山。从此,我较为留心鸥外鸥的作品,总是无缘。一些诗选集和诗辞典都收了我的作品,独独或几乎不见鸥外鸥的(印象里只有一本收了我读过的一首),我感到汗颜,像做错一件事。最近读到徐迟两篇文章,都是有关鸥外鸥的,其中有种滋润又孤独的友情,竟温暖了我。我想鸥外鸥有这么一个朋友,九泉之下应该含笑。友情往往是孤独的。友情往往是死亡才能开出的玫瑰。李宗大在海边散步之际,看见飞翔的白鸥,年轻的心一阵颤栗,就在这颤栗的迷醉中,给自己取个笔名,几乎脱口而出:"鸥外鸥。"鸥鸥外外鸥鸥……他想自己是一只鸥之外的另一只鸥。我们都是一只鸥之外的另一只鸥。我想我们都是一只鸥之外的另一只鸥。不是一只鸥之外的另一个人——非古人所言之"鸥盟"。用吴叹的眼光来看,这很高贵。

说 明:

《影影集》原先叫《形影集》。

"形影"会使人想到"不离",我就不太喜欢。没有什么离不了的,既如此,那就名《影影集》为好。

这是我正写着的一本书。将断断续续地写着。分成几辑,每辑都有个大标题。"花与果"出自"药草与花果";"鸥鸥外外鸥鸥"来自"死者与活人"。目前共有六辑,大标题如下:

一、药草与花果

二、史话、野话与废话

三、亚麻布与宣纸

四、死者与活人

五、床与工场

六、梦痕与水声

可能有变动。这本书或许会成为一本好看的书,因为我在找画片,绘插图。

好久不作水墨画了,就先临帖。临汉简和张旭草书,等心思飞动而手腕也能奔涌,再画。是想到了画片与插图,我才想写《影影集》的。图像是影,文字也是影,人呢?这个"人"——作为写作者的我呢?我不知道。

筷子和《筷子的故事》

苏州旧俗里有种说法，黄花闺女执筷位置的高低，可以预知她的婚嫁情况：筷子执低，郎君就地；筷子执上（高的意思），远嫁他乡。我不知玉手执中，作何解释。反正有一点是确切的，她们终都将成为别人的新娘。就像筷子不论是被右手还是"左撇子"握着，都是被手握住一样。

筷子的造型，我想，如果复杂一点，或者装饰性更强——像权杖，像华表，在画面上表现不仅仅是两条杠的话，那么，某些社团的某些仪式中，就根本不用过于繁琐地描龙绘凤。展开、放飞、挥舞，筷子图像的旗帜、招贴更能表达我们的文化。筷子，或可称第五大发明（准超现实主义者看见筷子，发明夹棍——刑具），依愚见，被发明的因素，有如下几点吧：

农业大国：素食时候比肉食机会要多，菜蔬轻薄自然经不起叉戳刀割；认真专一：坚决区分两种文化形态，饮食就饮食，男女就男女,以叉戳食总会使人非非想入——所以,我们能够终于光荣而盛名地在饮食之际被饮食文化;礼仪之邦:给客人夹菜,用筷子风度比较翩翩,运输到客人碗碟上空,轻轻地一松手,美味就空降下去;怜惜器皿:刀叉易使餐具磨损,筷子是蜻蜓点水,一苇可航;等等:等等。

筷子就这样被发明,被使用。

《筷子的故事》

五洋捉鳖易,庭院杀鳖难。鳖也有灵性,知道死期将临,就是不出头——鳖真憋得住。杀鳖者只得使一根筷子去引鳖头出壳,其实是挑拨,又挑又拨一番,实在憋不住的鳖,开始畅所欲言:抛头颅似的一口咬住筷子。当然,接下来,会洒热血。杀鳖者好像人生站上一个新台阶,一脚踏上鳖背,然后更衣般蹲身,一手握筷蠢蠢欲动往死里拉鳖头,另一手执刀跃跃欲试往死里砍鳖颈。黄昏的庭院。

在黄昏的庭院里,偶尔出于杀鳖者疏忽的心慈手软,也或许这只鳖是"强项令",居然没有气绝,还从杀鳖者脚下滑出,携带着颈上刀痕,紧咬住筷子,这筷子已是它身体抑或生命的一部分。因为杀头的疼痛,鳖就狠狠地咬紧筷子,于是,筷子那头的杀鳖者也就更狠狠地握紧筷子，使它缩不回头去。

像是同谋。

这就是《筷子的故事》，更像《杀鳖的故事》。实在生命抑或灵魂，就被等着"咔嚓，杀头好看"。

附录之一：

刚才，我在前面讲了《筷子的故事》。被"咔嚓"打断，现在，我接着讲：

鳖还在挣扎着。庭院一角，水井。一块圆水映一颗蜡壳药丸似的满月。药丸太大，满足水井而并不满溢井水——筷子夹不起水月，晚风中思潮沸沸的藤蔓，在这一只《筷子的故事》里非花非雾，面目顿时深奥，一如知识分子或筷子史话。

附录之二：

气味寡淡的故事讲完了，但鳖肉确实脍炙人口。还是说说筷子。

筷至人口，使用筷子是门手艺。看来我可以讲另一只《筷子的故事》：既然使用筷子是门手艺，那么一切的中国人都是手艺人吧。换句话说，手艺人靠的就是本事吃饭，依赖不依赖信仰而生活是无所谓的——他们在乡村理发店门前交换着筷子呢。

剥壳非为啖肉

随手写来的书信,往往泥沙俱下。可爱处也在这里。信首先要"信","达"当然也重要,而"雅"只是次要东西。于无意中求得,意到笔不到。如果把书信作为一种文体,而加以创造,如袁子才的尺牍、郑板桥的家书,的确有可读性了,但也失脱作为书信所特有的不拘,有些故作姿态,把自家吃饭变成请客吃饭。好的书信首先都很实际,比如与谁绝交,比如向谁借钱。碍于礼仪,又不能直奔主题,就要说点废话。废话常常是一札简函中最为精彩的部分:绕着圈子,待会儿看他怎么绕回去!这就是书信之美。除开书信,具有书信之美的,要数书法,宋以前的书法。这在晋代尤为显著,王羲之墨迹——他的笔墨章法就可称为"书信体",不要说杂帖本身;答谢、问安、公共关系,也可说废话不少,但有了世俗之美。也就是人情美。远开一点讲,"哀其不幸,怒其不争",也是一种人情美吧。他写的"帖",这些便条,也就是书信。一个人文章写到结尾,能发现只是些废话，这就大解脱。所谓妙文，无非写出一些有风致的废话而已。这样说书信是最接近文章本质的，但本质对于阅读者而言，似乎并不重要。读一通父与子书信，作为阅读者，只得当一回别人家的儿子，聆听训诫，替人受过，心里不会乐意，所以我更乐意读非书信类的文字，即文章。

现在，我就在写这一篇有关书信的文章。

以上都是废话，可惜缺乏风致，如果直接从以下读起，可能省时得多。长生果要剥了壳吃，我总算把壳剥掉，裸赤出果肉来：

这几日，读完《郁达夫书简》。郁达夫写给王映霞的信是越写越短，短到后面，恍如一脉秋江，没有钓船，没有芦苇，甚至连写信人的影子也不照出。凌波而来非仙子，原是开门七件事，就简约成这几样东西，王映霞也不见了。想来明朝小品看似空疏，实质也是如此，只不过他们把这几样东西幻化花前月下，搞得大家以为能餐风饮露。我被郁达夫几封短信感动，没有废话的信竟也很美：押上生活的险僻之韵。开门七件事从来就不是废话，这就有另一层意思：废话而立言，"欲辨已忘言"的"言"。出于无奈，写信人总得写些什么，尽管知道收信人早已晓得他会写些什么。所以这点上讲，立言也等于废话。古人曰"不著一字，尽得风流"，风流云散。

果肉这么小，壳却如此之大，蛮有意思。

被羽毛携带或携带羽毛

总角之年,他常常拿一张厚纸对着阳光,看到纸肌楮理,就想撕开。不是要把这张厚纸撕成小块,只想揭开一层,成为同等大小——变得更薄的纸页。当然不可能。

但插图可以,插图是连续揭着的手指。有时候插图也像琥珀中的蜜蜂或者蚊蚋,被文字的浆汁裹紧而慢慢变硬。表情与草都似铜丝直立,仿佛在平衡木上。

我想上乘插图即使有独立性,也是被文字携带着的几根羽毛。

冷不防几根羽毛带着一只鸟飞。朗费罗《海华沙之歌》中有许多插图,这些插图比诗更好,起码不用翻译。后来看到陈老莲为《西厢记》所作的插图,他与原文打个平手。

改琦《红楼梦图咏》,也可说是插图。我现在脑子里林黛玉的形象,就不是从影视中来。面对一本陌生书籍,这样的插图自然增加兴味。在识较多字者的过去和较多识字者的现在,上乘插图都能起到促销作用。

尽管插图这种形式起源很早,而鼎盛与发展,还是与书坊有关。有了书坊,才有了真正意义上的插图。一些精美的插图与一些糟糕的插图。

插图:体面的梗概,隐秘的招贴。

看到陈老莲的插图《窥简》,就知道《西厢记》里定有一段私情。

不是什么书籍都能插图。《毛泽东选集》不管配上西洋写实插图还是中国写意插图,似乎都太滑稽。据说文艺复兴时期的学者认为,在古典作品里加插图是一种不够庄重的行为。但《毛泽东选集》并不是古典作品,所以说不定我真能见到一本《插图本毛选》上市。

现在是一个插图的时代:你看不到翅膀,只看到猜想是从翅膀上掉下的羽毛。

我比文艺复兴时期还守旧,基本上不喜欢插图本书籍。插图画家位置尴尬,可怜可怜他们吧!我曾为一本寓言集插过几十幅图,插图时告诫自己:不能画得糟糕,这样的话等于忽略生计;但也不能画得太好,因为这一本寓言集实在糟糕。要的就是不好不坏,夹缝中混饭。

以我个人的阅读经验,碰到插图比文本更精彩的书籍,我并不会对插图更具兴趣,真感兴趣的话也以为它是一只寄居蟹。而遇上插图糟糕的书籍，就像看足球比赛往往怪罪于守门员。

连环画是插图的一种扩大化运动。

保罗·克利为一些名著插图，像在画自画像。20世纪，我以为最好的插图家是卡夫卡，他画了许多画——我看作插图。卡夫卡的优秀之处是他自己也不知道该把它们插在自己的哪篇小说或寓言里。人类舞台上大戏还没开幕，主角尚未粉墨登场，跑龙套的却纷纷出现了。他们会在哪场戏中打圆场呢？天知道！

插图，鲁迅《且介亭杂文·连环图画琐谈》："古人'左图右史'，现在只剩下一句话，看不见真相了，宋元小说，有的是每页上图下说，却至今还有存留，就是所谓'出相'；明清以来，有卷头只画书中人物的，称为'绣像'。有画每回故事的，称为'全图'"。

"出相"这词现在还存活在吴方言里（方言里有一些很旧气的词，仿佛舞蹈着的木乃伊，如大丰射阳一带，把"菜"说成"醢"；而"锅盖"在靖江人的口语里，就是峨峨"釜冠"），但已不是"插图"意思了。两个血气方刚的小伙子十字街头自行车相撞，一个捋捋袖管，另一个就说道：

"搞出相啊？我怕你！"

翻译：不要这么凶，老子不怕你。

译作是不是原作的插图？

插图在我看来就是片断化。我以片断化——这让我发现的插图手法，写下这篇短文：

《被羽毛携带或携带羽毛》。

我没有图解我的正文，我的正文：历史更多时候创造的是插图，冷不防也被插图创造。

粗 枝

尽头的湖

　　借助一把木尺，我在白纸上画下一条线。于是，这条线就特别挺直、光滑，像刚才拿在手头的木尺。我在上面走着，慢慢地，脚下有了一块块卵石，它们乱铺一起。卵石缝隙嘘出一些细细的草。再后来，我身体两边，垛起一排房子。有一座两层楼，铁锈红色，窗户打开，一个人探出头来，急速地往底下望望，又旋即关上窗户。木窗陈旧，皲裂，窗台上的一盆花卉，因为关窗之际带起的风，而摆动一下，而摆动着。那些素洁的花卉轻盈得仿佛照在水面上的光。我走完这条线。我才走完这条线，卵石和房屋也就跟着消失。我回到桌子边，打量着刚才的去路：白纸上的一条线。我还待在那里？白纸荡漾一下，似乎有位散花天女，也走到那一条线上来了。她的裙带拖在线上，遮住白纸。我望见天足，在她天足凭虚之处，是盛开的茉莉和如茉莉一样盛开的亭阁。她消失在一大丛绿树之后。我遗憾地再画了……这一次，我决定画个大湖。

湖水碧绿。

小小的恶作剧

下午无事，亦无所记，此为记。

虎耳草

夜里读一篇有关沈从文先生的文章，结尾处写到虎耳草，说这种草多数人不识，但沈先生平生最喜爱。

《边城》里的翠翠，梦中见到的就是它。

草木我识得很少，虎耳草却在童年见过。那时我住在祖母家，不常去父亲那里。父亲他就养了一盆，养在白瓷小盆，置于案头。虎耳草是饱满、厚实，又很朴素的。朴素像乡村小学校里一个圆状操场。

绿釉叶面上浮着一层细亮白毛，似乎还有点扎手。说扎手不准确，挺柔顺的，是粘手吧。父亲大约说过，虎耳草又叫猫耳草。尽管虎与猫距离不大，尚有师生关系，还是叫虎耳草为好，让人想起布老虎，而不是猛虎，所以翠翠会梦见它，其中有憨。猫则聪明过头。

忽然，我觉得许多时光就是过去了，我早已忘记这种植物，今天，好像一把遗失多时的雨伞，或者一顶帽子，又偶然地被我拣回，反而有点怀疑。我就去书架上翻寻观赏花草一类的图志，一本也没有找到。只见一册《南方常见中草药的识别》，里面没有虎耳草。这类书籍我应该不少，我曾学习园艺，师傅保守，不愿多教，只得买书自学。是我遗失的事物找到我，我要找的事物又被我遗失：一株草，一本书，一些小事。

就这一株草。

就这一本书。

就这一些小事。

寓 言

我见到一匹马奔过围墙，它把粗大的影子挂在墙上。这一匹马，一直跑到广场上，停住了。义无反顾的样子。它看见人们都在它的阴影里生活，就开始为光秃秃的自己感到不自在。这一匹马又跑回到围墙那里。但它刚才挂在墙上的影子，已经被人拣走，像拣走一件破衣服。

折鸟事件

上好的纸，本身就是件艺术品。古雅的笺纸，被人题写，反而成糟蹋。它已用自己雪肌冰肤的纸质和恰到好处的印工，完成艺术品之所以成为艺术品的条件。前几年，我把四尺仿古色宣高悬书房，竟然压倒若干书画之作。它是大红的，洒着金屑。是洒金仿古色宣。对纸品的嗜好，不只我一人吧。元代费著，兵荒马乱之中，爱纸、集纸，并为纸作谱。读《知堂书话》，得知日本有一书名《和纸之美》，我们什么时候也能见到这类书呢？费著《笺纸谱》我读过，极想以散文笔调重写一遍，再作些补充。唉，这需要专家指点。而纸又带来手艺，这点人见人爱。如剪纸、如撕纸、如纸雕，还有儿童折纸。扬州剪纸仿佛工笔重彩，陕北则似写意泼墨。听说陕北一老妇剪出《新清明上河图》，一百个神情与行为各异的人物——从电话里听到这一消息时，我激动不已。陕北有许多剪纸异才，她们是散落民间的石鲁。我曾尝试过撕纸，我认为撕纸的要点是撕出纸味，不同的纸需用不同的指法：用手指去体会纸的品质。边缘不能太光，否则撕的意思不能出来。这当然是视具体内容而定。我表现过疾飞的鸟，就用提指手法，线条感光滑流畅。折纸书我收藏一些，但我对折纸兴趣不大。折纸其实是以一张纸为智力玩具。我智商不高，对魔球魔棍之类的智力玩具统统玩不来。小时候，我跟祖母学会折船、折猴，只学会这两样。现在所能折的只有船了。前两天儿子放学回家，美术课上教纸工，他带回作业：折鸟。他说他上课时没听懂，我一头长颈鹿似的盯住他看，后来想想就是这么回事。我上课时也常常听不懂。我就和他共同折起纸来；一会儿折得像鱼，一会儿折得如猪，就是不能从手上飞出一只鸟来。找出折纸书，书里的鸟都是始祖鸟，儿子们都已在现代教育里进化。我不是个能够举一反三的人，只得让那张纸还是那张纸。我就对儿子说：

"折鸟不就是让它飞吗？你扔到窗外看看，其实一张纸更能飞起。"

"不是要飞，是功课。"儿子扯足嗓门，几乎要哭出。已经哭出。

折纸在儿子心目中只被看作功课的话，那么，是谁更为无奈呢？折一只小船，和一只大猴，和一只小猴，这是妈妈，这是儿子，摇啊摇，摇到外婆桥……遥远的事。

偶像之城

　　触摸你，我的不可返回的时代。我要求得到远去的质感。你的不可辨认的语言和不闪动的舌尖。你的标点，像一只蚂蚁。并没有象征。隔着一个牧场和现代化工厂，我触摸你。我不知道自己的感觉是否准确。我活在也许是自己的幻觉之中。

　　你无动于衷。你否认。我触摸到瞬间的、恍惚的热气，我知道了，我知道了。我仰起头看你。你的生命之门正打开在我的脐眼之上。我压迫你，我不放开你，我卑微。

　　我讨厌虚伪的长袜。像个塑料人物。生动的下半身被淹没在毫无生气之中。卷起你的叶子或者面具。真实的事物，伸手可及的事物，遥远。遥远。

　　遥远。

　　我的偶像。偶像，就是一时还没有忘记的事物。我的偶像。我的膜拜。我的触摸。不要阻挡我，不要阻挡我回到消失。

那里，我将流逝但平静。

一切阻挡都是庸俗的迷宫。把你高贵的气质击穿我，把你抵抗的手扔掉。我的偶像，你是一座城。我要寻找到逃跑的道路，把它绑架。要回来，要再来。第一次是膜拜，第二次就是破坏。

偶像之城。白色的偶像。穿夏装的偶像。我要触摸你的秘密。我要亵渎你。

我要亵渎你。在最黑暗的地方，光亮炫目。我吻你的黑痣和被蚊子叮出的疙瘩。你的秘密，你的秘密。我如触摸不到，我就没有完成最初的使命。

有时候我想，我确是一个神圣的混蛋。

我是个无能的求爱者。一边触摸你，一边不能原谅自己的罪行。罪恶的影子，鞭打我，唾弃我，我即使清白无辜，也难宽容自己假想已经产生的罪行。仅仅因为我触摸了你。

我从来从来没有，我有我有……感觉，已犯下的感觉。不仅仅因为我触摸了你。

白色的偶像。我死去的钟声、霜。我的诗歌，我的幻想和理论，我的腿，我的立场，我的真理，我的新骑手与马，我的朋友，我的一直在等待奇迹创造劣作的我。我的偶像，我把你抬到城中。

饥渴的我喝空一只唯一的杯子。它装满陈词、滥调，蹭在路边。像一位活着的大师。它眼睛昏花，耳朵灵敏，一有风吹草动，就把自己击倒。躺在地上，你要来你就来吧。它知道你善良，不会一脚踩瘪它。因为它识透时势，你反而像犯下滔天之罪，对它悔过。它是搪瓷的、铝的偶像。

　　白色的肉的秘密的热气的偶像，你把我引到城中，尽管我抬着你。我喜欢大言不惭，我说：我抬你。原谅我，原谅我，原谅我，原谅我，原谅我，更要原谅那一切的大师吧。它们都是善良之辈，尽管颇有心计。

　　我记得我是从那个城门进城的。我见到：你们没有见到的我也没有见到。我不是个愚蠢的人，但我比你们更普通。我简直无法和你们交谈，你们这群领袖、将军、未来的纪念碑及其高手、旗手、圣手、舵手、黑手。

　　笨鸟在自己的偶像身上找窝，它不成熟地像一只幼猪一般地拱。你讨厌了，你讨厌了。你喜欢影子武士，面对真实的四肢，你像水中的糖块，你像水中的鱼。因光滑而狡猾的鱼的皮肤，鱼皮，我要触摸你，触摸个够。"还不够吗？"这晚上的这句话，石头一样打碎砖头。

　　淹没。我不怕淘汰，我对淹没怀着恐惧。它们弄脏了你的白色。城里，到处都是吵闹的灰尘。

　　1988年5月19日，夜。

我滑倒在自己失手打翻的一杯水中。我自作自受，进行第二次——

写着写着写着，我将形成一个主题。这不行，停下来，停下来，忘记我的目标，记住肉的热气，再干。只是肉的热气已经变冷，我只得等待时机。

明晚，你得再给我一次。

1988年5月19日，夜。

清晨的白色的偶像。

我告诉你，我是个胆小鬼。我把门锁好，再检查一遍。枕头边放一把小折刀。早晨醒来，我为自己的头还在自己的肩膀上而感到庆幸。它们要杀了我。它们会的。

牛奶一样的偶像。

昨晚我梦见与一位陌生女人待在一起。她知道我是谁，但喊错了名字。我心里有一阵小小的不高兴。一圈透明的像发开的银耳光焰花边昙花在她的身体上打开，她的局部灌浆一般的粮食，鼓胀起来，足有鸽蛋大小，滑到我面前。我感觉到空空荡荡，我太小了。但我们都兴致勃勃。在那一刻，我总见到身边还躺着一位老头，他嫉妒、无奈又温和地望着这一切。我知道这位老头是谁。

1988年5月20日，早晨。

补充一下：我与她认识之前，她在一家售货店里。她不把我要的东西卖给我。我买的大概是一些新式糖果。后来就跑来那个老头，他从中调解，使我与她相交。

又，她的身体似乎在水里。那美妙的末事，被水一下泡发。白里透明，仿佛是滋补的银耳。我记得，那些水是没有温度的。

自画像的片断与拼贴[1]

片断作为世界观,拼贴无疑就是一门手艺。

拼贴过程中,我发现并领略片断的可能性无穷,基于这点,拼贴也有无穷可能性。由此,乐趣与孤傲也联翩而至。一首长诗,是短诗(作为片断)的拼贴;一首短诗,是行句(作为片断)的拼贴;一个行句,是文字(作为片断)的拼贴;一位人士是他以往祖先和未来子孙(作为片断)的拼贴;一个国家也是如此,由多种民族、经济、政治、首脑、旅行家和手工制作者拼贴而成。这一切,都成为莫名其妙妙不可言的拼贴之中的片断。而作为拼贴诗人,他无法回避文化片断、语言片断、暴力片断。在这文化、语言和暴力的运作下,于是,他也被片断化。

拼贴不是组合,首先是反深度。

拼贴在平面上进行,接近写作行为:让我们在稿纸上完成字数。

---

1. 自选诗附记。

而组合可称深度造型。《荒原》就是一部分与另一部分组合。长×宽×高。艾略特提供给人类经典的深度——发现世界，或曰背景或曰状况。而拼贴诗人，在《荒原》面前，将要出发到它反面：一种平面、一种肤浅、一种目录、一种简谱和一种图纸上的迷宫。与博尔赫斯迷宫不同，博尔赫斯迷宫，说到底就是仿生学。我们的迷宫永无施工之日，也就没有模拟物可以对应。我想诗歌是这样的——它帮助人们发现的同时，使人们成为恰如其分的发明家。艾略特发现世界，就发明荒原；博尔赫斯发现世界，就发明迷宫；我们发现并领略自己，则发明皮肤。在更强烈和感性上面，从此我们的诗歌纯粹看作是一类个人习惯和方法（的写作）。他人可能在荒原上造出房屋（并供他人居住），他人可能从迷宫中找到回家的路（回到他人家中），而我们只有唯一的皮肤，只感到冷，只感到热，感到蚊叮虫咬，感到肌肤相亲。就是感受不到（和不感到）至上、真理与奥义。我们只是一条伪伪虫子和一个狭隘的家伙。卡夫卡曾经说过，"见鬼吧！心理学"。换成"见鬼吧！理学"，会更好一点。那么，就来吧，皮肤病！在一个肤浅的表面上，竟也活跃着多么强大的创造力，非痒即痛，并非无关痛痒。

"片断"，"拼贴"，语言诗中我迷恋的一个较为显著的特征。我们中国语言诗人与西方同行所做的工作，可以说行走时方向的形式感并不一样。他们从后工业社会启程，而我们的驿站却是后农业社会。在这两种行走的形式感中，迎面吹来的却都是人类的缺乏秩序、组织的混乱、人与人的一片纪元性的荒凉之风。荒凉泛滥之际，就有呼唤。这种呼唤，落实到纸上，年代般地开出了一朵又一朵"兰桂菊"（Language）。在苍白无力的呼唤中，制作者的手艺却越发炉火纯青。制作使制作者迷失方向。正如我在一篇散文中写道："既然使用筷子是门手艺，那么一切的中国人都是手艺人吧。换句话说，手艺人靠的就是本事吃饭，依赖不依赖信仰而生活是无所谓的——他们在乡村理发店门前交换着筷子呢。"

在此，我谨选《东方乡村目录》和《简谱》两首诗。原因是"目录"为书籍的平面图，而"简谱"完全可以被认为是音乐观念中的谬误。据说人类谬误越多，越接近人类本质。

《东方乡村目录》：我不同时间里所写一些片断的偶然拼贴。即兴的片断，即兴的拼贴。有一次，我从太湖中的一座岛屿上拣到若干瓷片，回家后，用写有片断的纸页把瓷片包裹起来，并编号。几个月后，想起这件事，逐一打开，由于包裹过瓷片，我觉得这些片断也开始光滑迷人。这首诗的写作过程，说是行为艺术，似乎更确切妥当。在小偶然中发现大偶然，在小即兴里发现大即兴。偶然——即兴：使我们在笔直的系统中常常获取拐弯的能力。

《简谱》：敦煌三兔藻井赋予这首诗一个快速旋转的结构。

从传统绘画、民间艺术中我呼吸到自由广阔的空气，它们程式中也有无拘束之美。以及我爱彩绘蛋壳、核雕、年画、剪纸、花布头、八大山人、草书、识字课本、瓷片、废邮、简谱、地图册、包装纸、盗版书和印坏了的五线乐谱。我收藏得更多的则是人类的面孔和乳房。

说到底，我更像是位线条诗人——用一根线条，我完成我在不同时期的自画像。正是这些自画像片断，拼贴成一个叫"车前子"的双鱼座、土命的苏州居民。

又：再附上一首，诗名为《偏见》，我以为我目前写作的一切诗歌都源于我对你们的偏见。宽恕我吧。

瘦鹤病梅

　　我总觉得川端康成还没有实现他的另一半，另一半是什么？我又惘然。只是脱脱空空假设，如果川端康成实现的话，那么，他的人生——艺术形态会更加丰富吧。当然这是奢望。我们对自己喜欢的事物总有奢望。

　　与朋友聊到川端康成，就会说到他的自杀。作家自杀，人们爱当谜猜。只要想想，这个世界上每天有百千人自杀，我们只要把自杀作家作为他们中的一员，那么，也就可以震惊，而不奇怪了。川端康成是一个做减法的人，随着艺道精深，他把自以为是的多余的统统减掉。到最后，只剩一颗心！他的美丽又哀愁，这时候使他无力再把减法做下去。

　　川端康成小说中，我最喜欢《雪国》。这是中年之作，恰到好处。可以用弘一法师绝笔"悲欣交集"注解——它的意味。《伊豆的舞女》毕竟不够微妙。而他晚年作品，让我觉得有点不太舒服，像在公共浴室洗澡,两只脚踩在澡堂下面滑溜的水泥底子上面。《雪国》中有个名句:"银河一下流进她的眼睛。"对这个句子,我有点不大以为然。这种想象力在诗歌中比比皆是,远远没有传达出心灵深处掠过的那一丝神秘。倒是另一个句子,让我真真惊叹,它出现在这样场景,主人公抚摸着一位女性的乳房。我正期待能读到点什么,川端康成忽然只简简单单上来这一个句子:"他的手大了。"川端康成小说的上乘就上乘在这种"遗貌求神"之处。意蕴丰富,心理复杂,场面不小,笔法却省俭得很。这不是凭些聪明所能达到。

想把《雪国》重读一遍,从书架上找出,打开后竟然发现我七八年前在其扉页上写的一首俳句。那时痴迷于学习日语,完全因为阅读川端康成小说译本后的热情。读一位外国作家的作品,使人对他的母语发生兴趣,这位作家是了不起的。

现在我对日语已经生疏,那一首俳句大概可以译为:

明月呀,照去年雪,梅花下。

日本有位女评论家说川端康成是只鹤,从外形看去,一只瘦鹤。我以为川端康成更是棵梅,从气质观来,他是一棵病梅。

叶落石遗

　　一位作家使另一位作家又大驾光临了。像找出遗忘多年的某件瓷器，拭去尘土，看到那青花的山水或粉彩的花卉：山道上有人执杖而行，杖头挂着酒钱；石榴花枝下，我们分明看到那摘花素手。艾略特给堂恩戴上崭新的光环，钱锺书这一著作，让陈衍再次进入阅读者视野。

　　《石语》读过两遍。先读铅字排版的，再读钱锺书手稿。我极想从他涂改深处探得一点当时消息，惜云雾浓重，终不识真面目。但这涂改，也就使我想到这"石语"已经不是钱锺书"耳食"之石语，被钱大手笔斟酌一过。

　　我是这样读《石语》的，第一想到这是一家之言。第二要在脑子里有段故事，或曰场景：一座昏暗的老屋里，一老一少坐在太师椅上，啜着香茗，无话不谈。在《石语》后半部分，陈衍谈到女人："女子身材不可太娇小，太娇小者，中年必发胖。"想必是经验之谈，确然：太娇小的女子一旦发胖，赘肉左右生长，脂肪能去的地方也不多，多数堆在腰部，容易入眼；而高挑女子，多余的脂肪除了左右生长，还能上下生长，因为高挑，利润空间大，承担风险的地方自然富足。陈衍这段话可说是无话不谈，但更能使我领略到那些不新不旧者的情趣。他们不泛滥，也不禁欲，对女子有一颗鉴赏之心。也就是这段话，使《石语》真正具有交谈的私密感觉。这一老一少坐在太师椅上，院子里有一棵槐树，最好是银杏。如果是银杏的话，季节又最好在秋天，一天落叶，满地金箔，扫叶人成聚金者。

钱锺书把陈衍的片言只语扫进篋中，时过六十余年示以世人——时间使这部书有了价值。它给我仿佛，仿佛我能回去——回到那座老屋里，听叶落纷纷，听石遗片片。说了些什么，已不重要。

氛围比学识更有魅力。

雨之集

针掉在地上，拣起来是针，不拣起来也是针。牙断了，离乡背井，它还是牙。雨却不这样。给孩子知识，指着雨后水洼，说："这是雨！"孩子一定伸长脖子，望天。你得说"这是雨水"。"雨"后加"水"，其实和雨已没什么关系。就像文联主席加个"前"字，为"前文联主席"一样。雨和文联主席有着差不多易变的、脆弱的性质。而作家像针，像牙，至少我还没在名片上或公共关系中见到听到"前作家"。对了，也有过一次，某人向我介绍某女士，说："前作家——"后面拖上个"夫人"。前作家夫人。作家穷，她就改嫁，成为"后画家老婆"。画商品画的，有钱。雨还喜欢搞运动。在运动中，它就是针，就是牙。看那些大雨，刺得手疼，咬得脸痛。人的局部是一些水果。在雨中漂浮着戴戒指的盈盈佛手和架眼镜的皱巴巴的橙子。雨停了，运动结束了，我们就踩着大片的积水回家了。

雨还真难侍候。早晨出门，看着天色阴沉，带上雨具，雨偏偏不下。而瞧着政通人和，赤条条上街，雨却突然让你变成落汤鸡，毛都不用拔。我们没想到带伞，伞，我们的羽毛。而真真难侍候的，我想还是人。雨一旬半月不下，你急，你烦，你咒。连抽烟都小心。连下一旬半月，你更急，你更烦，你更咒。除了人浮于事吃的是干饭，没一样东西不是湿的。还有一样：你只得——干瞪眼！雨又不拿你工资，雨又不是你部下。久不作雨，就像人过不惑尚未婚配，着急呀。真下雨，雨又下长，好像添子添孙，弄璋弄瓦，换尿布，洗尿布，烘尿布，婚姻的甜蜜蜜气息过后接着就是臭烘烘的琐事。雨就是琐事，淅沥淅沥淅淅复沥沥。

大雨如腹泻，小雨似前列腺炎。雨不但是琐事，还是毛病。但雨一样的心情是健康的、诗意的，尤其那少女雨一样的心情。少女们一抬手，一扭腰，都像下雨。下在身体内部的雨。有时候，也会对外供应："晓看红湿处，"胭脂扑扑的脸坨；"花重锦官城"，胸前骤然积起两汪飞动的雨水。确切地讲，是风中有朵雨做的云，更确切地讲是两朵。这样的时辰可惜不长：雨一样心情的少女，很快会作阳光凶猛的新娘。

但诗意是不绝的。雨一样的心情消失，而躲雨的诗意比比皆是。知了在一片柳叶下躲雨；母鸡在一片桐叶底躲雨；儿子被父亲藏在屁股后躲雨；恋人们的十只手指在躲着雨呢（他的五只，她的五只，攥紧了躲在一起）。屋檐。门廊。店铺。后到者挤进干湿参半的一堆人中，早到的人心想：这家伙百分之九十湿透，还躲什么雨呵！后到者也心想：太不公平了，大家都没带伞，凭什么雨全下在我身上！幸而又来一个后后到者，身上大面积水灾估计达百分之九十八以上，后到者的愤愤不平顿时转化为挡不住的惊喜。而雨趋向停时，最先冲上街头的，必是那些具有某些湿度的人——幸运的干人们将等着天空洒尽它最后一滴甘霖。

　　传说市京剧团的著名花脸，因花脸著名了，平常脸只得隐姓埋名。所以也就无人认得。躲雨的时候禁不住一声虎啸："哇、哇、哇、好大的——雨呀！"同躲之人才躲过雨打，以为又遭到雷击，吓得忙四下逃散。只有一个人没跑，还回头朝花脸看看。花脸自觉失态，一笑。那人也一笑。那人是个聋子。

　　于突然的雨中，在路上我们能发现一些倔强的人，他们就是不躲雨，义无反顾，勇往直前——像要拼命挣钱，像要努力还债。在这些倔强的人中，往往还能看到巾帼英雄。这一位姑娘的身体简直快浮出夏装，雷阵雨要把她本来就不富裕的衣服扒掉。这雨耍流氓，姑娘也知道这点，满脸彤红，两手护着胸，还在跑。我真想打个电话给"110"，请他们缉拿这雨，但又怕雨报复。雨的势力太大了。看着她通体透明地消失在雨中，羞愧呀不胜羞愧！我们是雷阵雨的同伙。我们也玷污了她。

　　处心积虑，雨终于把这个城市变成水的储蓄所。

某某是我朋友,他是从农村考大学考出来的,现为敝市的市长秘书。一天下午,他赶个急稿,晚上市长要用。手实在写酸,就停笔休息一下,望望窗外,雨已过旬,不觉嘀咕:"再下,麦子要烂了。"说完,又埋头赶稿。鬼使神差,某某竟把这一句话写进稿子;阴差阳错,市长过目时也没发现。晚上市长讲话,也就是念秘书写的稿子,他忽然念出:"再下,麦子要烂了。"市长大惊,抬起头,望望窗外(当初心情,他恼怒地想把秘书丢到雨中)。与会者不知所措,忙随着市长朝窗外望去。忽然掌声雷动,到会者公认市长不愧公仆,整体意识强,一碗水端平,即使在这个工业会议上,也不忘郊区农村灾情,于是大家纷纷表态,有钱的出钱,有力的出力,心手相连,抗涝救灾。最后,有点像宣誓大会,阵阵口号从会议室传出,气贯长虹,响彻云天:

"搞好工业,保住农业!"

"工人农民是兄弟!"

雨有点像发展,正好的时候很少。不是太多,就是太少。

唐朝的皇帝登楼四望,视察旱情,说:"怎不来雨?"优伶一旁答道:"雨不敢来,它也怕苛捐杂税。"

紫一章

瓶子里的花，紫色。瓶子无色透明，瓶壁上的小气泡，密密麻麻，使瓶子微白了。这白，是一眼望得到底的白，白色更多时深不可测。一颗又一颗小气泡，中心是无色透明的圆孔，在边缘，挤出一条白色，细细地圈出气场，观点清新，仿佛从梦中醒来，身体复苏，手脚渐渐灵活——这一天，有许多事要做呢，邻居已在打扫院子。沙沙沙地，落叶似乎全落到他那里。

在世纪末，我们扫来许多落叶，也就有许多事要做。最忙碌的年头，连上吊都没有时间去挑一根好绳子，随手拿来往脖子上一套。也正因为如此，许多人就吊不死，随手拿来的不是绳子，只是纸条。一些伤感的纸条。我不为世纪末伤感，在我们的文化遗传里，只有朝代变迁——这兴亡的经验。世纪末对我而言，是全新的，像看一场电影：我正体会着世纪末，我正享受着世纪末。所以说世纪末是最忙碌的年头，我正体会着全新的世纪末呢，我正享受着全新的世纪末呢。哪有时间伤感——在旧物的风声中，人才伤感得起来。

我想在世纪末的中国，伤感者，都是假洋鬼子。

紫色，瓶子里的花，却一点也不忧郁。紫色并不就忧郁，这是想当然。康定斯基让我讨厌的学究之处，就是给颜色与某种情绪划上等号。所以在康定斯基绘画中，只有颜色，或者说彩色，而没有色彩——色彩是自由的思想，挡不住的，流淌的自由思想。电影中有彩色故事片，而不叫色彩故事片，电影很谦虚。尽管安东尼奥尼很想把彩色变成色彩。安东尼奥尼已做得很好，有一点任性的意味。也就是说，不划等号。

瓶子里紫色的花，在白墙上，投下疏横的灰影。黯淡中，有些风情。风情总是在黯淡中摇曳生姿。几部纸页微微发黄的书籍——有了时间，才有好作品。微微发黄，还不够吧。

我想起一位诗人的散文，他写道，梦见了蓝花。也许是一枝紫花吧，从梦里摘出，一看，变蓝了。蓝成一片无云天空，神清气朗。据说这位诗人，近来已不写诗，散文也一别多年，只是绘画，丹青鹦鹉，水墨牵牛花。曾听他言说，死了，墓碑上打一个洞，什么都不要，只刻上这句话：

牧童

请来这里拴牛

诗人呵,你如今还有雅兴?瓶子里紫色的花,我看上去蓝了:花的中心是星星点点的深紫,在边缘,围着一圈淡蓝,像林女士的帽檐。

如买来一束紫花,插在瓶子里。瓶子无色透明,瓶壁上的小气泡,密密麻麻——使瓶子一如想象中新世纪的黎明,微白。

绿 H

卜是我熟识的人。有这一个名字叫卜。很久以前,在夜晚的篮球场上,白线隐约可见,风在槐梢,难以详述。或者,是在绣球花滚滚的小巷拐弯处,难以叙述。我与卜见面,难以复述:左手和右手生长在一个人的两边,这现象是我的,也是卜的。我和谁更像卜呢?等等,等等。卜,简单的世界观:一竖,一点。长竖短点,等等,等等,等等。等卜,卜"卟嗵"着来了,没有发出声响。在我体内,在另一篇散文《记看木头人戏》里,以及,以及在还没有写作出的一部分或者全部分作品中。

卜是产生和将产生的人物。

卜梦见了法师。他和法师是同一时代的人,那时兵荒马乱,他们都恰巧避祸于花山之中。法师一心面壁,而卜则种植杨梅。在炎热的夏季，大颗雨点落在杨梅树叶荷蓝的底子上，聊作青白眼。呼啸，避免，消失。雨中的杨梅林，积水大片，映照和凋谢着无边菜色。杨梅树下，忆当年的人，是在手表构造的年代了。花山空大，他们不常相遇。在每一个夜晚，各自功课，会得到彼此的气息。并被两人的心思所打动而合而为一。有风不飘，衣带一飘无风也动，也不关心。卜与法师虔诚地感知到宇宙规律：一种秩序之力。当秩序之力把秩序顶到"极点"，人类就产生不平衡现象，而为平衡，人类又必须通过恶行保持中心，这又成为秩序之力的补充。当秩序之力从"极点"返归"绝对眼"，往无序渐渐移动，人类的许多基础方能得以巩固。像金字塔与它的倒影。秩序之力使世界物化，同时又受到或谓接纳杰出人物的影响，确切地说，它施加于杰出人物，使其推动众生。当众生做出反应——秩序之力又会根据反应调整它自身的运动轨迹。

杨梅林里，只鸟在巨大的石块上投下针影，当它被具体化时，就是欲飞不飞的八哥：从"鸟"这只笼子里飞出，于飞行途中，渐变如此。渐变之中，隐在的突变时刻在左右。

渐变是时间历程，而突变则规定未来空间。

烦琐的杨梅叶子覆盖杨梅，红了的杨梅一天比一天红了。红到辨认不出本色，以至费人工夫。

满月之夜,卜与法师都感到体内的水被月吸引,往外涌去,终于白蒙蒙更是白茫茫地包裹住嫩绿的地球,好像多汁的肉茧结着果核,一次次去死,又复活一次次,太快且粗糙,究竟无得真谛。法师曰:惟有死透,今后方不绝望。卜说:一旦生了,即与死无缘。场地上,一个人翘首如鹤,发白至极。

白头到老。

卜打扫着院子,几乎落下泪来。返身回房,在一叶毛边纸上写下四言四句。法师凭空一抓,看到16个文字,已是傍晚时分,"鸟鸣山更幽"呢,还是"一鸟不鸣山更幽"?前者表达禅理,后者更多是抱负不得舒展而发的牢骚。法师面孔慈祥而又肃穆。

逆着最后的阳光,举起宝玉的法师在绿色烟雾里,两位裸露的少女被光线提动,她们迈向河流,雪白的芦花满怀桃红。水没脚背,浑圆的脚背上激起哪怕是小小水花,就像踩在岁末的积雪里,柔软、包容、意义深远。往上,又往上,仿佛春草,水在长高,掩住了小腿、膝盖(膝盖这样明亮,像涂层指甲油的大拇指甲。一根幸福的手指点融之际,它会留下、绽开和倒吸出酒窝般的小坑,扯远了,而你是有福的)、大腿。

水厚腻起来,堆放在她们周围,呈现椭圆。她们两人相隔不远,在被围拢的椭圆中,闪烁红山茶的雄蕊与奥义光柱:一束金光立在大堂中央，灰尘闪烁其辞鱼群：美术的小鱼儿。……"斗究别事工底也史冈修 8 纠口右"……

颈脖，她们在水上沉浮，顺流而下。

光线随着一茎草折断。什么也看不见了，细听那滑石水声。法师握着宝玉，还继续目送。想象就是看见。

在法师的床板上，刻着一个字："死"。

这是一篇没有写完的札记，约作于 1987 年 9 月下旬。今天偶然从床铺下见到。读过一遍，已经没有续写兴致。为什么叫《绿 H》呢？大致想来，当初是这样的："卜"无论古今，在这篇札记的发展中，到最后差不多会返回成一位头脑简单但有理想和热情的青年。他为了一次梦见，就在新村马路上用绿广告色铺天盖地刷了一个"H"。这正是我想实现的。

找 人

　　无端想起他了。想到几次，就想形成文字。传奇好作，传记难著。尽管我并不作传，还是要给他找一块布景，为行文方便。像把他带到照相馆，让他在镜头与灯光前站定，我在他身后转换着：一拉，拉下个白宫，这太遥远了。又一拉，是天安门广场，他是北京人，可我却不熟悉北京。直至拉出扬州——扬州平山堂。好！"咔嚓"，照相有时就是有杀头的感觉。带着他在我比喻的照相馆中扬州平山堂布景前的留影，我捕风捉影出能够找到他的证据。

　　为一个人找布景，布景找到后，我又要去找这个人。才"咔嚓"一下，他就没头没脑地跑远。

　　话本上有"面如傅粉"的句子，形容他实在合适。初次相见的时候（到目前为止，我与他也就是这一次碰面），是在淮阴某个宾馆里。离扬州不远了。我那次还没读过他的任何作品，但一见面，私下觉得投缘。在他身体周围，有典雅的世俗与高贵的没落之粉粉氛围。我想如果是在《韩熙载夜宴图》上见到他，也不会是一件奇怪的事吧。盘桓白樱桃的滋味，轻轻咳吐，核如红痣留在素笺的柔肤之上。化腐朽为神奇，但腐朽往往不用点化，它本身就是神奇的。后来读到他的诗文，他的诗歌，尤其是散文，仿佛玻璃罩护住的灯火，暖暖，冷冷，暖暖的世俗与没落，冷冷的典雅和高贵。而面如傅粉的文气，如蝶翅般绵绵地打开。卷须，并呼吸。

淮阴的宾馆里（宾馆名字我已忘记。可能就叫"淮阴宾馆"），院子中有几树琼花。而开得灿烂仿佛只是月季。我素不喜欢月季花，反正行文至此，已很方便，我就修改成芍药。牡丹花叶皆呈圆形，少点变化。而芍药的花形是圆中带尖，叶子呢又如长雨潇潇。甚至有股剑气：于妩媚中透着刚强，像含而不露的神功女侠。总会露出一点点。我与他在院子中散步。欧阳修诗曰："琼花芍药世无伦，偶不题诗便愁人。"我们不愁，所以没有诗兴，只是一味家常。兀兀然看到琼花，竟看到琼花，我便有幻灭之感。一种花木饱含所谓的文化意蕴，我就逃避。赏花人不能轻松赏花，只是很累地看着文化明灭。我理想中的赏花，是携一壶酒，邀几位女子，席地而坐，兴阑而归。归时甚至还不知道所赏之花什么芳名。只觉得美，真正的无名之美，在一瞥之中。而不是文化和掌故。世俗生活是一桌酒席，文化掌故则为牙签，放着酒席不吃，大嚼牙签，什么意思？也就是在这一点上，俳句让我感动。看他们的俳句："赏樱去，花瓣落在菜汤里。""煮上芋头半桶,晚上好看月亮。"现世写意之后再对过去工笔,人生想来会多一点况味。

而对琼花考据还真不少,这里略过。据我所知,琼花是被宋朝文人炒热的。这超凡脱俗如梦似幻现于文字中的琼花,今人一见,会很惊讶:就这么普通呀!于是有了"今琼花"与"古琼花"之争。我想无论古今,琼花可能都这么普通,今天看来的普通,在宋朝文人的心中,或许激起巨大的美感。因为他们的心理已不复唐代牡丹般浓妆,只是淡抹而来。我与他在院中散步,他更像唐代文人,而我则是宋代秀才。遇到某扬州诗人,他说:

"看到琼花了吧,又叫醉八仙。"

"醉八仙",这名字有行者武松的意思。扬州人一般叫作"聚八仙"。这就是诗人说法。我们听了,他就很有修养地走到琼花树下,观赏残简断编——快过花期。许多年后,我想起他很有修养地走到琼花树下的情景,也就领会他为文的精彩之处。

在去扬州的船上(终于写到扬州),船主要我们写点字。他写了一幅"腰缠十万贯,骑鹤下扬州。"字较平常,胆子很大。有艺的人没胆,有胆的人乏艺,相比较而言,我还是喜欢有胆的人。当时觉得这个句子俗气,后来读《殷芸小说》后方知,这句子说的是一种近乎完美的现实。也是大部分人的梦想。即使淡泊明志者,也会如此。只是在缠着十万贯的身上,裹件厚棉袄;骑着鹤,让人觉得是骑着平常的马；或者去扬州的时候，选一个黑夜。近来读到一篇考据文章，说此话中的扬州，实指南京。幸亏南京人懒得反应，不像浙江人在力争西施故乡。

吱嘎一声响，滴答到扬州。大伙儿也就岸边分手，各奔东西。临别时，他说："今后你要作家出版社出的书，我可以给你代买。还能打折。"我就请他代买一次。他寄来两本昆德拉。那时，他的口头禅是"人类一思考，上帝就发笑"。我想上帝早就笑不动了。应该改为"人类一思考，上帝就发呆"。呆在那里，所以迟迟不来与我们做伴。阅读完昆德拉小说，记得我还给他写过一信。我觉得昆德拉复杂与深刻之处是他在我们通常意义上的"政治性"中加上一个"和"字，成为"政治和性"。

原本想写写他，结果并没写到他多少。我在藏拙。识人都难，何况写人！既然难写，我就避让。这一避，不小心避入云里雾里。噫乎，拙没藏掉，人却被我弄丢，就是我自己要想在这篇文章中找到他，也很困难。故名《找人》。

乡下纸牌

这一阵子我颓唐得很，无所事事。诸事不顺，也就事事无所——没有寓所。事事像女孩名，多愁善感的女孩之名，因找不到房子而更多愁善感了。我就和人斗牌。我对棋与麻将都无兴趣。但我对纸牌这一形式很有兴趣。不是扑克，是纸牌，中国纸牌或曰乡下纸牌。我祖母曾对我说。她年轻时在乡下就常玩纸牌。窄窄长长的那一种。大约在我十岁左右，邻居老太过世，她无儿无女。她的丈夫一九四九年前已经死掉，生前是教育方面的官员。邻居老太的侄儿侄女，就从上海赶来，为她料理后事。他们从她床底找到一只皮箱，沉得要两人才能拉出。皮箱里藏着五对哑铃和十副纸牌。窄窄长长的那一种纸牌。上海人送我一副，现在除了记得窄窄长长，还想起是黑白两色。有的上面好像有梅花，有的上面似乎有脸谱。这种纸牌已看不到了，就像当代乡下，已看不到下雨时候，几个待字闺中的姑娘在饭桌边玩这种纸牌。她们赌花生、赌胭脂、赌红头绳。我赌命运，输掉反而不焦躁。颓唐与焦躁是两小无猜的青梅竹马。骑车回家路上，看到一座正拆的老房子，夕阳之下，仿佛遭到大火的图书馆。秦砖汉瓦为书籍，而发黄的《圣经》纸页，不就是切开的面包。又干又硬。

我决定写写老房子：

《老房子》

还是不写为好。写出来也是仿古建筑。在行将拆除准确说是拆掉大半的老房子砖墙上，某泥水匠（这是方言里的称呼，有的方言叫作瓦工）站在那里扳椽子，晃出尘外的手腕上面，刺着一朵梅花。

我猛然想起乡下纸牌了。"乡下纸牌"是我叫法。因为我祖母曾对我说，她年轻时在乡下常玩纸牌。她被我祖父娶到城里之后，大概就再没有玩过。我的祖母是多么不幸，新娘之日，就是远离纸牌之时。还是让我用这种叫法，来弥补祖母的缺憾吧。我祖母年轻时好动：游泳，骑自行车，摄影。乡下纸牌就像一堆模模糊糊的黑白照片。窄窄长长，黑白，有的上面好像有梅花。中国纸牌或曰乡下纸牌上印有梅花吗？反正通过某泥水匠手腕上的那朵刺青梅花，我想起这些了。还不止这些。

刺青。"刺青"这个词我知道得很晚，知道"刺青"前，我只知道"文身"。有一年读日本小说,可能谷崎润一郎写的,谷崎润一郎写过一篇名为《刺青》的小说。看完后我想:这"刺青"不就是"文身"吗?"文身"这词肯定比"刺青"要古,使用频率也高。古籍中有"断发文身"之说,说的就是我们吴越之地。而跑江湖的,也只说"文身"。后来又知道一个词:"杀青"。我就常常把"刺青"与"杀青"这两个搞混,于是总觉得写作是有点跑江湖的味道。就像"刺青"不是口头语,写作也并不是干干净净明明白白的事情。

我认识一个人,叫根宝。他上身前前后后都刺上龙虎,可以假冒青铜器。这龙这虎,均他自己所刺。我问背后怎么刺呢?他答:先是照镜子,后来有感觉了,闭着眼睛凭感觉刺。我再问要不要打样稿?他答:都是脱手刺的。说着,他拿过一张餐巾纸,在上面画了条龙。速度极快,我看看手表,竟不到一分钟。有鳞,有须,还有祥云。他还有说法:龙须最难画,别看是两根线,气力全在这两根线上。那时,我在一家火锅店吃火锅,他隔桌而坐。他吃得热起汗出,打起赤膊。我见他背上老虎造型不俗,也就不怕流氓,和他攀谈。他指点着自己的文身,说这个刺得好,那个刺坏了。说得兴起,他还不屑:"现在的小死人懂什么,身上刺人民币,俗气!"继而拍拍我肩,说:"你懂!过几天领几个人来让你看看,这才是我的杰作。一些女人都慕名而来。今天还来一个,让我在她奶子上刺张嘴,被我赶跑了。我有'三不刺',儿童不刺,狐臭不刺,女人除了胳膊之外,其余部位都不刺……"

我忽然觉得莫名悲哀。不是为他。他像乡下纸牌一样,我既不了解纸牌张数,又不知道纸牌玩法。我不知道乡下纸牌的游戏规则。悲哀的是从他"三不刺"里,我听出职业道德,或者道德观。道德观是能让人更肆无忌惮和荒诞不经的一种东西,就像游戏规则。我不知道乡下纸牌的游戏规则,看来更好。

南京某休闲娱乐中心,我看到文身女人。这休闲娱乐中心,说成是一家大澡堂,倒更确切。男女从各自的澡堂里爬出后,都能在同一个大厅里游玩。饮酒。卡拉OK。乒乓。穿着一式的蓝竖条纹衣裤,我说这里更像精神病院。说这话的时候,我就看到一群人倒背着手,在拔地而起的高墙底下转圈,圈子越转越小,小到似乎只有李贽所言的好货好色。坐在大厅的长沙发上,我喝茶吸烟。在我面前有架磅秤。两个女人在计算着自己的重量——"轻了,轻了。""这减肥浴是有用处。"我想当然是轻了,身上衣正单,几乎为净重。这是深秋。深秋在南京某休闲娱乐中心,我看到了文身女人。其实是纹着脚背的女人。一入中心,都得光脚,里里外外楼上楼下都铺着羊毛地毯。纹着脚背的女人是这里领班,四处照应,飘逸若风。那脚背上的蝴蝶在风中剪拂着青铜翅膀,仿佛水手乘着粉红色小船,离开陆地。邻班刺着蝴蝶。她歇下来的时候,就坐到吧台前的高脚转椅上抽烟。"万宝路"牌香烟。在一九九六年的社交时尚中,女人抽"万宝路",男人抽"红塔山"。我坐的位置,离吧台最近,也就是说,离蝴蝶领班最近。我就开始研究起这只蝴蝶,右脚背上的蝴蝶。这是一只传统绘画里"写生一派"的蝴蝶,形神可谓俱备。近来的中国画家很少有人画龙和画结构严谨的蝴蝶了,无意我却在人的身体上偶然得之。"忽然一阵香风,将那灰烬吹上半空,飘飘点点,映着一轮红日,像无数的花朵与蝴蝶飞舞,金迷纸醉,香气扑鼻,越旋越高,到了半天,成了万点金光,一闪不见(《品花宝鉴》,转录自鲁迅《中国小说史略》人民文学出版社1973年8月第1版第227页)。"这龙虎,这蝴蝶,可谓继承传统绘画里的造型与技法——把我们带进"侠义小说",用一个侠客去除掉几个对手;把我们挟入"狭邪小说",转瞬间神安意闲。我不得不意淫面前的蝴蝶,这真是一双神经质的脚。

脚趾窄窄长长,也许能够比方一副乡下纸牌吧。

年底的织布机

说白了,就是一九九六年年底的片言只语摘编。原先题作《岁末的织布机》。"岁末"这词不朴素。织布机是朴素的,造型像一座房子。织布机是棉纱线聚会的家园:它们归来后又出发,布匹的长卷里签下柔韧且细微的名字。一个名字给我天空、土地、棉花田和在棉花田里锄草的人们。织布机属于文明,年底的织布机则为文化准备着,劳动着。文字的思维,文句的形状,春水在地秋云行空。也若瓷器制作:术语"灯草边"或"影青"。"影青"这词美得像情缘(初起)。

这篇文章其实并不是片言只语摘编。我用"摘编"形式。若干瓷片。初起于见到若干宋代影青瓷片——影青的浅碟打碎了,春水在地,秋云行空。空和空地带来一叶梧桐下的伤痕:"影青"这词美得像情缘,以至我舍不得实用,而移花接木,而标上《年底的织布机》。我曾给自选的一辑短诗题为《俗语的织布机》,相近之处是同一台织布机织出不同的两块布,不同的两块布还是同一台织布机织出。织布机(启动)。

影青是制瓷工艺。没有哪行有瓷器这一行当里的术语华丽、清新和气息古雅,同时,也颇费(猜测)。

寒风中母亲当户而织。似乎,古代读书人都有一个会织布的母亲。灰尘一地,月色一地,织布织布,布白一地;蛙叫不已,鸡鸣不已,伴读伴读,织布不已。为儿子,母亲伴读不已,母亲织布不已,后来儿子高中状元,母亲不能再像往日沿街兜售,儿媳妇说:"这多丢面子!"家中已成布匹仓库,任其虫蛀鼠啮,邻居在一边叹气:"做官是对劳动和物资的最大蔑视与浪费。"而现代读书人碰巧,会有一个织布的乡下亲戚。乡下亲戚大多也不织布了。我七八岁时,得到过乡下亲戚送的一块土布,这是表舅妈所织。而古代读书人常常造成布料(过剩)。

蓝色的土布让我回到空地之上听到织布机礼尚往来的纹理、方言、抱朴见素的(谚语)。

俞平伯五十年代在北大上课,一路走来,臂弯里夹着一只青布包袱,里面有眉批过的宋诗选本和《红楼梦》。也是乡下亲戚所送?这块青布!没有乡下亲戚或乡下朋友的人,或许寂寞。李白的乡下朋友是汪伦,桃花潭我去过,这个不是(据说)。

昨晚连做两梦。

第一梦:身在窑洞,忽然来了五六位姑娘,两位是女诗人。我说:"吃了饭再走吧。"就去搞饭。到另一个窑洞,阿人和一村在。阿人在这个梦里像是很好的厨师,他吩咐我去集市买菜,说:"要一只南瓜,还要些梅花。"我也不问要梅花作啥,就去赶集。路上,看到小孩站在骡子后头,掀开尾巴,望着涂满口红般的阴户。我喊:"作啥?"这小孩怯怯地望望我。我问姓名,他答:"吴宓。"盖临睡前读《吴宓自编年谱》故。吴宓是个极爱骡子的人,咏骡不倦,描摹讲究,念头独到,可与李贺"马诗"媲美。骡马皆备,岂无毛驴?陆游一句"细雨骑驴入剑门"来哉。我独爱毛驴,有一种可怜兮兮之美。美有点可怜兮兮,就像我与病肺少女,在柿叶绿影的纸窗下,玩"五子棋"。

第二梦:我见到"癞疙瘩"蔬菜。在饭店,疙瘩做东,我点"癞疙瘩",伙计说一百元一斤,我道炒二两。直至酒足饭饱,也不见"癞疙瘩"上桌。太不像话,该让电视台曝光。我嗜蔬菜,中国蔬菜比西洋蔬菜好吃。同为芹类,美国芹菜脆嫩,但少滋味。昔日吾乡药芹真有一股药香,锐而厚,厚而奇,鲁迅先生《伪自由书》或《准风月谈》(是也)。

可谓白日梦——色中最爱朱砂,艳而不浮。我认识一位少女,不记得她是谁了,手臂上有三颗朱砂痣;含苞的贴梗海棠,在庭院拐角。记得我曾卷起她的袖管,晕眩于这乱世之美,我以为的乱世之美。对吗?对(不对)。

简约像是一个人。

姓简名约,生平行止,在《论语》中最是细详。

《论语》是一部简约典籍。它的文体,比《道德经》与《庄子》,更具形式感。简约是形式,这形式的质地又是那样疏朗,如一块干干净净的布,刀尺裁出中国人的内衣。

从形式感上把握简约,更能深入。

美国"简约画派",我见过一幅画,画布上画一个圆。这个圆没有画完,接缝让我深入迷宫。

内容是迷宫的人,形式才能简约。

20世纪是个大迷宫,大家发生变化,简约掉目的,而过程反而繁琐。

我觉得作为简约传统，可以上溯到《论语》。

简约是抽象的。一切归宿，皆为抽象。

我也说不清简约。

说简约不容易，与朋友打电话说简约。打长途电话要简约，电话费又涨，真的（很贵）。

言未毕，主人于是垂头（丧气）。

一叶落地上，被人注意，还引发若干感叹。想来落下的一叶它不需要，想来没落下的一叶它也不需要。春天来了，叶子生发；秋天到了，叶子掉落。自然的事情。

而孩子们对树上的叶子更感兴趣。他们站在大梧桐树下，要挑最大最绿的一叶，然后爬上去摘下，做顶翩翩帽子。这是夏叶。

春天丫枝上鲜嫩微红。这微红中有份粉色，有份水意，连最精美的瓷器也难仿制。而我却爱冬天的——那时树干上已没有（一叶）。

1996年12月10日 星期二 晴

下午去博物馆。已有十余年未涉足这一带了。十八九岁时，曾在博物馆附近一工艺店做伙计，春天的时候，常望着弥出馆墙的紫藤走神。此藤据说文徵明手植，藤叶如老式衣服上的琵琶钮，而藤花如梦如幻如泡如影，就是不像藤花的样子。我在见到这真实的藤花之前，看惯虚谷、齐白石所绘紫藤，以致这藤花真开眼前，反而将信将疑。

梁上彩绘，为太平天国匠人所为。至今这博物馆在一些老人口中，还被称作"忠王府"。彩绘中的房子，有西洋造型，透着些透视意味，较特别。我仰着头，一梁一梁望过去，引得馆内保安对我提防，怕我是来踩点，晚上会从哪根梁上飞身而下，盗得国宝而去？

来看《吕凤子书画展——纪念吕凤子诞辰110周年》，今天是开幕式。方方面面的人来得不少，挤在展厅前讲话，我傻听一会儿，就去看雕梁画栋，去看工艺品陈列。工艺品与艺术品的区别，我想就在于创作激情这一点上。工艺品说的是制作，只要有手艺，没有思想，照样能成为一流大师。思想是激情的保证。我对近代一组玉雕《乐器》极有兴趣。无论长笛，还是大鼓，都只有邮票大小，但制作精良，一丝不苟。我蹲下身去，迎着下午扫过格子长窗的阳光，看着这玉雕的乐器洋红溢绿，玉质中蕴含的色泽，因了阳光，似乎能如泣如诉起来。有一种唯美的音乐自天而降：人间的手艺使仙女们思凡。

折到展厅，方方面面的人话还没讲完。我就去另一陈列室看瓷器。瓷器还是宋窑为美。是大美，朴素而又古雅。（略去七十七字）

一线阳光在（影青）浅碟边如一根悄声细语的灯草。我小时候还常见到郊区的人挑着灯草到我家门口兜售，尽管已装电灯，祖母还是买下许多，用来做枕头芯子。灯草极软。

三点半左右，展厅安静下来。吕凤子用笔随物缘情，胜于他的用墨。他的罗汉极负盛名，一九四九年之后，他说："罗汉救苦救难，现在国泰民安，我不用再画罗汉了。"（略去八十四字）吕凤子先生（1886—1959），自署凤先生，江苏丹阳人。晚年定居苏州。此次展出内容有一百一十项，以合一百一十周年。展品目录抄备于下（略）。

晚饭后凭记忆画罗汉一幅，题上"仿吕凤子笔意"，以作纪念。

以上是日记（摘编）。

织布至此，足够做一件寒衣：那就罢手，不妨（结束）！

随想蝉蜕

1. 人生生人

人生则是生人,与一位生人会面。滔滔不绝无非是怕冷场,而沉默不是心照不宣就是话不投机。

我偶尔从穿衣镜里读出另一位人来,那人嘴角的冷笑,使我毛骨悚然,又使我得到解脱。冷不防地。

原来如此。

就是如此。

原来如此实质就是如此。

十二岁上读鲁迅《彷徨》,在一盏昏暗的灯下:我知道我与什么会面了——像一位在场的旁观者。屋顶很高。老房子屋顶很高,能形成自己的阴影。

2. 圆桌圆凳

布朗库西有件雕塑品，名《沉默的石桌》，一只大圆桌子，围着几只圆凳。我看到的是一帧黑白照片，似乎摄于黄昏。没有什么比室外雕塑更受到时间的影响、恩惠和叩击了，伟大的雕塑家是一些与时间对话的人。我看着这帧黑白照片，我想我是不敢坐到石凳、把手放在圆桌上的，因为我又听到了冷笑——人一思考的结果是——人类就冷笑。或者是人类一思考，人就冷笑。围着圆桌而坐的，是时间中的历史、往事、遐想……独独没有现实。

现实不会在一帧黑白照片里，现实是张彩照。

现实也不是时间。

3. 轮下手表

我不知这是我听来的故事呢，还是我虚构的故事？我已忘记。忘、遗忘、大遗忘，是一条通道：我成为我虚构和被虚构部分。

一个人在路上，遭遇车祸。他的一条腿被轧在轮下。司机脸色煞白，吓得晕过去。顿时，围观上来许多人。轮下的他，却很从容地抬腕，瞅了一眼后，开口问道：

"现在几点啦？"

因为他的手表已停。

围观的人惊慌起来，情不自禁地后退。

车祸是一种现实，而时间并不在场。即使手表，也圈不住它，也套不上它。手表是个圈套，但并不能把时间圈套其中。时间已找到另一个代言人，在这里，就是轮子。

只是在车祸之际，我们常常把轮子作为现实，而忽略掉时间——或曰时间的因素。

他在轮下没有感到疼、恐惧，是因为他直觉地感到轮子并不是现实，所以他会把腕抬起，瞅一瞅手表。他把现实与时间区别开来，看来他顿悟了，只是尚未达到通明的境界，才会发问：

"现在几点啦？"

也许他想让围观者共参这个公案。哗地，围观者往后退去。

4. 中国盒子

老书上有句话：

"始于一，成于三。"

还有句话：

"一阴一阳之谓道。"

在我看来，"道"就是"三"。一、二、三，我迷恋它们。我常常盯着"三"看，看出一个白"二"——空白处让我感到时间的来头、棉布和缠裹。"一"、"二"、"三"，是时间的符号，并不仅仅用来记数。或者讲"数"，也就是时间的代言人。我们数苹果：一只苹果、两只苹果……一只、两只是时间的符号，苹果才是现实。

有种"中国盒子"的玩具：打开一只盒子，里面是只盒子；再把这只盒子打开，里面还是只盒子……这就是东方的时间观。

孔子曰："逝者如斯夫！"只是一种现实、现实态度。"中国盒子"又向我们暗示这点：到达尽头，就是返回——你不得不把这些盒子一只又一只套起，它向我们划出一个圆形场地，并让我们学会宽容。

5. 宽容道德

宽容不是处世态度。

宽容是时间意义上的——一份耐心、一份热情和一份虔诚。

从宽容中产生不出道德，道德的基础是社会批评。

道德，是一份批评的热情。

6. 人性神性

善与恶，是人性的两头。从这两头中，都能夸张出神性。

神性是身体周围的灯，极致地照亮人性之善之恶。在善的神性的灯下，我们看见善的人性，反之，我们就看到恶的人性了。

人类到某一阶段就会集体无意识地共同参与，把人性中的善与恶单方面夸张出来，夸张出神性，用来照亮自己。这是人类历史上的戏剧化时代，也是幸福或灾难的年头。只是从人性中夸张出恶的神性的时候更多——看看20世纪。

20世纪的人类是牺牲的一代、造恶神的一代，从宏观上看，大概也有好处：它再次绷紧人类活动的发条，使它不松弛下来。只是付出的代价太大，因为每一次绷紧发条的行为，仿佛都是恶的神性之灯在我们身体周围的照耀。

人性是座城市，它的丰富性远远大于神性——神性是这座城市的交通图。我们如此依赖于它，以至常常轻而易举访问这个城市肮脏的地方。

在这张交通图上，通往肮脏地方的道路标识得更清楚、更详细。目的一定能够到达，目的一定能够达到。神性从人性中夸张而来，不如说于目的而出。

有了目的，就有神性。

因为人性最初是无目的的。这是一句老话，在说法上似乎有些变化。

7. 善恶祸福

据说在英语中，good 既指善，又指福，而 evil 是既为恶，又为祸。从中能看到西方文化的无趣味性。

在汉语中，祸福两字的形与音都极相近，它包含这样的观念：不是善中有福，而是善中有祸。反之亦然。无意之中，我们的汉文化给 20 世纪的人类挣回一点面子：

20 世纪是一个恶福的世纪。

当我们能够回到汉语——汉字上，我们才会发觉我们汉文化的光鲜。否则骑驴找驴。

形与音的相近，而义相远，意味着我们祖先对世间万物的理解和警觉。换句话讲，汉文化就是人情世故的文化，它具有一定的暧昧与狡狯。从这点上看，它又与西方后现代以来喧嚣的思潮接头。否认中国有"后现代"艺术，其实是只着眼于现实，而没有把握住时间。

我们的现实是难以产生"后现代"艺术的，但能在时间观上产生。

8. 错觉社会

大到社会，小到艺术，都是建立在错觉上的。

没有错觉，也就没有存在，起码是存在的条件。

错觉也在不断地更新、变化。成长中的人类在某一阶段，"了不起"就是它最好的错觉，当这种错觉过于膨胀，以至对人类自身构成伤害，于是，在一个事件中，错觉消失了——看上去像是上帝安排。

这一个事件，是被人性夸张出来的呢，还是错觉的沸点？

其实是一回事：错觉是人性中的中间状态，它起到平衡作用。当它自身失去平衡之际，善或恶就被夸张地表现出来。

表现在"小到艺术"上，就成为这样一个语法结构：

善之；

恶之。

9. 专制感激

大众的感激是可怕的社会心态，它会导致个人专制的产生。

专制借助感激起家，当大众发现感激不得的时候，已深深地陷入恐惧和自救之中。恐惧和自救并不是死水一潭，它也有响声：

恐惧使人说谎；

自救使人告密。

这是被允许和能够听见的声音。两种声音。当然还有另一种声音:"咔嚓",听不见但很好看。

10. 想象之想

想象是宇宙之力。

想象产生了地球,产生了美,产生了艺术,产生了权力。

想象也产生了反地球,也产生了反美,也产生了反艺术,也产生了反权力。

生态环境遭到破坏,不仅仅源于人的贪欲。本质上讲,是源于人们的想象和想象力。

11. 不美不丑

美的另一面,不是丑。是不美。

丑的另一面,也不是美。是不丑。

丑到极点就是美,这是胡话。不说是胡话,也只能看成是假设:因为在过程之中,哪里找得到极点?所以说丑到极点就是丑到极点,这样,我更信服些,或许能感到一种美——一种竭尽全力之美。

竭尽全力,是美:中国的书法;西洋的抽象画;烂醉如泥;奋而飞。这其中有纯粹。单纯得很,抱负又大得很。

美与丑其实是很少见的,凤毛麟角。大多数在不美不丑里。美与丑是大富和大贫，有悖我们的生活理想。我们的生活理想，也就是我们可能做到的，是不美不丑的小康水平。

12. 生态环境

一个人在树上钉根钉子，以量一下自己的身高。他长高了，钉子却还留在原有的高度上，他很得意。

后来他长得比这棵带钉的树高了，这才感到麻烦。

13. 谈谈做做

谈恋爱——从这个"谈"字上，我们充分感到语言的力量，由此，叙述文学产生了。

做爱——从这个"做"字上，我们知道行动必不可少，由此，行为艺术产生了。

有了谈，才有文学。

有了做，才有艺术。

14. 弱点艺术

一幅画、一首诗，产生于一位画家、一位诗人人性中的弱点。弱点越突出，风格也就越杰出。为什么一些画家和诗人越画越糟、越写越糟？其中有个原因之一，就是有意无意地用画、诗——作品，去克服着、克服掉自己的弱点。

当然做一个道德完善的人会更愉悦，只是以不绘画、不写诗为妙。也就是说：人类有其弱点，才产生艺术家。而不是道德家。

15. 河豚禁书

有人问我：
"河豚是何滋味？"
我答：
"与读所谓的禁书差不多。"

16. 历史现实

一个人可以两次进入同一条河流。只是方向不对：一次顺流而下；一次逆流而上。

与时间无关。

现实是只欲飞不飞的鸟。你说它要飞,却久久留在这里;你说它不飞,却一下飞走。

和时间同行。

历史和现实永远掺和不到一起。现实有时为了寻求安慰,就硬拉上历史。

17. 阴阳天地

我们的阴与阳,可以类比于西方的天堂和地狱,尽管完全是两回事。

人类总会弄出两个点来,以便自己像钟摆一样在其间摆动。

是方便产生哲学和宗教。

18. 放慢半拍

她在一旁画画,画了一只花篮。花篮里的朱砂色花,盈盈欲飞。我想起飞天。飞天的衣带拖在地上的声音。不,飞天的衣带拖在赤霞与白云上的溶溶之响。

夜晚,我们临临帖,摹摹画。她喜欢八大山人。她第一次见到八大山人的作品，激动得说不出话来。她舍不得用好的宣纸，认为太华贵了。墨痕水渍在好的宣纸上，的确有华贵的意味。我说画秋山，毛边纸更助传神，你想画春花，就用好纸吧。有时候，我们也听听京戏，如果是程派的戏，就听完。

我们常常相视而笑，脱口说出：

"腐朽！"

在哈哈的笑声中，我看到化腐朽为神奇的力量——这神奇之力，竟能使我们在现代生活的紧张节奏之中，放慢半拍。

或许是一拍。

19. 日常生活

一个孩子跳起来，去抓半空飘飞的羽毛。我希望他能抓到，但不要一下抓到。

20. 杂说一筐

不是发展，是取代——从原有的诗歌观念中发展不出这种诗歌。

要一直保持开始写作时的状态，永远不要结束它。

一种主义到末了总是贫乏空洞的。

艺术在当代，由于个性发展，自由得到较有内容地保障，如果说有什么主义的话，已是"需要主义"。

当代艺术在很大程度上可说是放大的艺术：把过去已经存在的观念、技法等推向极致但又只取一点。在这一点上放大。

一些艺术家的重要性不在于他对其他艺术家的影响，而在于作品对公众的冲击。

当下诗歌：技巧出色，但独创性的缺乏也更显得突出……其实向一位当代诗人要独创性像向当代要诗人一样困难。

作为艺术品，从字面意义上来说是难以理解的，因为它所要提供的，只是对某种存在的瞬间体验。

这部小说的杰出之处表明……它不是来源于一瞬的灵感，不断的艺术实践才走到这一步。

21. 梨园故事

唐明皇在梨园粉墨登场，这是一个好天气。梨花开得肤白。他演着多情公子，或是善愁诗人。也许正插科打诨卖着眼药酸。

皇帝做累了，尽兴想象中的平民百姓。唐明皇没有想到，多年以后有人演他：平民做累了，尽兴想象中的皇帝。他的戏还不少。

历史上，唐明皇扮演的是一个怎样的角色，我不得而知。但对扮演唐明皇的不同演员，我还是听到纷纷议论：

"这个演得像落拓文人。"

"这个好，有帝王之气。"

我们竟如此欣赏帝王之气——因为我们竟如此需要被一些东西想象。

22. 中心边缘

一个城市的中心与边缘，和另一个城市的中心与边缘，都是极为相似的。中心高大、辉煌的楼层，边缘灰暗的矮房子。只有在中心与边缘间的地带，这个城市才显现出它的个性：由窗户和楼道里的人所显现出来——他们的世俗生活。

按照一般的城市规划，中心大都为商业区和政府机关。而边缘，则是由外来人口聚居而成。

每个城市的商业区和政府机关都是一样的，而边缘又差异性太大，以至杂乱无章。所以，当我们找到这一个中间地带，尽管不乏假设，我们方能了解这个城市的个性。

只是这种个性是越来越含混不清了。

因为我们从中心出发，不知不觉地就来到——这个城市的边缘。灰暗的矮房子，使我忘记身在异乡。

23. 有旧难怀

世纪都末了,怀点旧。有人找出老相机、老手表、老报纸、老照片、老小说、老漫画……我也找,但只在阁楼上找到几册小学语文课本。尽管龌龊不堪,但很兴奋:我也有可怀之旧了。不料遇到亲戚家的小孩,就有旧无法怀——他给我看他正在学习的课本,与我阁楼上找到的几乎一模一样。只是封面不同。

我们的教育(课本与方式)已旧得无法让人怀了,愿有收藏家收藏它——如果有古董价值。

汉语,在语文课本里遭到陈词滥调的污染,以至只让小孩子学会轻视汉语。

24. 生死死生

人一生下,就朝死走去——死是唯一可以达到的目标。正因为这目标明确,所以人就弄出些艺术、文化之类的东西,为了能在赴死途中,改变一下方向:本来是直线走的,现在绕个圈子。

这绕出的圈子,方说得上生。或者说生在绕出的圈子里才生——它想改变方向,但不改变目标。

艺术是与死的游戏。

或者说恶作剧。

25. 悲欣交集

"悲欣交集",弘一法师绝笔。有人说弘一法师之所以会写这四字,是因为还没修到家。我与他在电话里争辩起来,我说,"悲欣交集"是有来源的,来自弘一法师心向往之的印光和尚:印光和尚在自己的床板上刻了一个大字:"死"。

"悲欣交集"作"死"的注释,我看是修到家了。

弘一法师的不易处,是修。他这个法师是修出来的。看他书法,即可明了。所以他的书法尽管简拙,却毫不天真烂漫。因为他的书法十分刻意,太修。

弘一法师是诗词不如书法,书法不如作和尚。他用成佛的方法,我看修出的却是儒身。

26. 心灵的灵

自由的心灵和心灵的自由,这是两个概念。自由的心灵来自外部环境的宽松、自由。而心灵的自由恰恰是外部环境缺乏自由的因素,退而求次。

从心灵的自由,到自由的心灵,不是个人走了多少路就能走到的。

自由的心灵是携带着地图旅行。

心灵的自由是在地图上旅行。

27. 记一个梦

我抱着儿子,在街上行走。渐渐地,他不觉得我是陌生人了。他开始笑和说话。忽然地震,大地并不震荡,房屋也没有倒塌,只是一缕缕乌云从树梢上急速地掠过。我把儿子放到地上,这时,已在一个暗黄色的广场。我伏在儿子身上,不是怕砖瓦砸下,只是为了安慰他的恐惧。后来,我又抱着他继续走路——脚下全是麻雀,以为要踩上了,它就飞走。大堆大堆的麻雀,从脚边铺到远处,飞掉了几只,全是眨动的眼睛。是眼睛——褐色的眼睛——从脚下飞走。

醒来后,心狂跳。

夜晚出门,雾似尘灰。

28. 随想蝉蜕

当把随想落实成文字,在几张纸上,偶尔想起时翻看一下,竟对我毫无用处。像是蝉蜕。蝉蜕还能入药,随想呢?随想有时简直是无病呻吟。当它只是个人笔记时,我想或许还是有趣的。

工业化的怀旧

火车头的尖叫……热乎乎的蒸汽……大声……制服……咒语或咒骂……帽子……长方形硬纸板的小小车票……惊讶的圆孔……白亮的灯光……白热的蒸汽……久远了,这些都久远了,工业文明似乎已成可以怀旧的东西:一点乡愁,忧伤,这里曾经是这个城市的火车站,每天的尖叫,每天的蒸汽,这些都一下子不复存在。隆隆乡愁,仿佛暗夜乘车旅行,一盏又一盏零星的灯,伶仃的灯,划过火柴,故乡在尖叫着的火车上。

在我住房对面,是一个曾经的火车站。上年纪的人,偶尔还会说起。有一次参加朋友婚宴,新娘父亲用关心的口气问我——口气是社交的一个部分——"你住得远吗?"从理论上讲,我们都住得很远,离中心是很远的。如果有中心的话或者如果承认这中心的话。不从理论上讲,我就住在通往罗马的路边。"噢,那里过去是火车站!"新娘的父亲很兴奋,因为我有理由完全可以相信:他也有过青春的五月风光,带上一只铝皮饭盒,坐上火车,去附近的城市游玩。或许同去的还有一位少女,想来不会是新娘现在的母亲。是的话,他就不会这么兴奋。这是他们的事。从理论上讲,却是一样的——我们都住得很远,离自己是很远的。所以,会一次次地来到车站……火车头的尖叫……热乎乎的蒸汽……白热的蒸汽……

曾经的火车站,目前还归铁路部门所有。在生锈的钢轨上,在暗黄色的穹顶下,散停着十几只火车头——像玩具,像兵营,像失去躯干的公鸡,像一个灯火通明的盲人学校,像当城市越来越大的时候,像,曾经的火车站像一片夕暮里的早稻田。我觉得累了,我就会上阳台望望这十几只火车头……老了的火车头……坏了的火车头……有一年我去旅行,母亲说:"在火车上不能够看书,要多望望窗外的绿树。"那一年旅行的季节是在深秋:绿树已很少了。但我还是常常会望望窗外——甚至有点不安地——看我已经过了哪几个省份。火车拐弯的时候,我在火车上看到火车的尾巴。

钢轨,穹顶,十几只火车头里,有我最喜欢的一只——它是细长的、尖锐的,又很精致。灰黑色的相貌,刻划出远处铁的品质。

这一只火车头,以至使我醉时发出惊呼——之前,我总觉得像一个人,就像这一个人,但我叫不出名字——如久远了的火车头的尖叫:

"谁把乔伊斯的照片放大了横搁在那里?"

醒后,那火车头真越看越像乔伊斯了……就像火车拐弯,我在火车上看到火车的尾巴。更多时候,我们是在铁路边看到。

县城和鸡毛

　　每个县城都是相似的，除了有飞起的鸡毛。我在午后的公路上，和另外四个人。风好像一到午后就会大起来，大到有点了不起的样子，把尘土扬出月晕般的灰圈，虚胖的灰圈，晃悠在我头顶，和另外四个人身边……有时，我们在一个明亮的地方，却像是黑暗中心。羊肉店门口电线杆上，拴着一头山羊，它的眼睛是粉红的，仿佛留有口红的手表……一位法国传教士向中国孩子打听时间，孩子抱来一只猫，说："看看它的眼。"深绿的猫眼……而粉红的羊眼，似乎是柔软的时间……柔软的时间深处，却是硬的，至深的硬，一如樱桃之核……至深的硬伤，替我们感受的山羊，我，和另外四个人。羊肉店的老板娘，坐得像一团羊毛，松松地嗑着葵花子……我见过向日葵下的生活，在一个黑暗中心，却像是明亮的地方……午后的羊肉店，是冷清的。因为饥饿还没有找到感觉。她的儿子，在风与尘土中，也在阳光里，玩着羊骨头。

骨头被剔得如此干净，骨头被玩得如此肮脏——孩子把羊骨头抛高，阳光里一闪……他接住的却是风。这是公路东边的事。一条公路把县城一剖为二，像剖开一只橙子，吃光它的肉，就走了，又去剖开另外的橙子。我，和另外四个人。午后的公路。公路把一个县城剖开：县城在公路两侧，朝田野空处缓缓成长。我想看到它们的告别，像一对孪生姐妹，或两个好兄弟：在译文似的暗夜里，这县城的一半与它的另一半告别，黎明之际它们又在这一条公路的两侧宿命般相见。但现在是午后，阳光很好，县城很明亮，我能看到孩子手上玩的东西——是一根羊骨头……"人体解剖图"被我们撕碎了，我们分享着这印刷精美的遗骨。我拿到的是头颅部分，激动又害怕地把它藏在地理课本中，像地图上的国家分享着色彩鲜艳的土地。我猛地想起这童年时的恶作剧、游戏，把学校医务室的挂图撕下，我，和另外四个人。我不是在看到孩子玩羊骨头时想起的，而是写到，准确地讲，是写下"我能看到孩子手上玩的东西——是一根羊骨头……"后，我想起这一件事，并写下它……

　　写作就像到一个陌生的县城旅游，但并不会束手无策：因为"每一个县城都是相似的，除了"……一根鸡毛在……杂货店……前门……虚线似的……飞起，它划出漂亮的弧形，想象中的括号，现象上的拱桥，我在杂货店买了一盒烟，拿好找回的零钱，它还没有落下——一根划出漂亮的弧形的鸡毛。

（接下来，就不知道了。

我，和另外四个人，正研究这一盒烟是不是假的。）

节气与哮喘，或农历中的梨 [1]

完全因为我，祖母才对节气恐惧的。童年时候，我每逢节气就大发哮喘。尤其春秋两季中出对子一般的节气，我很难逃脱得了这气喘吁吁的功课。灶头上粗壮的药罐白汽如虎，客堂里四把雕花木椅上坐着苍耳、辛夷、枇杷叶和蜈蚣——这些已经混为一谈的气味，有人嗜好这种味道。宝玉是个喜欢药味的性情人，他内心倾国倾城的凄苦随着沸沸药味而气化，气化出一位倾国倾城的林姑娘。黛玉可作代玉讲。读《红楼梦》我初觉得，宝玉内心世界并不丰富，他的一些行为都缺乏心理基础。后来我才认为这是曹雪芹的创造：他把贾宝玉的内心世界塑造成另一个人，这个人就是林黛玉。林黛玉，可谐音为"能代玉"也。如此，小说也好看了。宝黛不能结合象征那个时期的精英必然人格分裂。从这点上看，《红楼梦》是部心理

---

1. 此作今日誊抄，总觉题目滑稽，像是医学论文，揣摩再三改为——《节气与哮喘，或农历中的梨》，这才有点状态。

现实主义小说，精神分析小说，寓言主义小说和想象小说。

于是，也成为我们想象的乐园。像药味，像节气，也像一只摆放在农历中的梨。为了治咳，我吃掉多少梨呢？我常想我如果活在二十世纪初的话，一定是个肺病患者。尽管这是最富有才情的疾病……傅山开出的药方，是一船梨，让他坐卧其间，顺流而下，一船梨从山西吃到河南，他在黄河上痊愈了。黄河是我们最大的药罐，诸子百家大抵于其间熬成。宜川的壶口其实可以叫"罐口"：天下黄河一罐收。药罐边的人影，哪怕目不识丁，也是义化人无疑，更何况风情万种的一代名妓呢，呼应在长江旁边。冒襄《影梅庵忆语》中写道："姬当大火铄金时，不挥汗，不驱蚊，昼夜坐药炉旁，密伺余枕边足畔六十昼夜，凡我意之所及，与意之所未及，咸先生之。"冒襄说的是董小宛。"茶花女"如果服中药，她就更能体会到小仲马的爱意。唐才子的才情由酒酿出，宋才子的才情由茶点出，明清两代才子的才情大抵是由妓女所熬出的。妓女是末世之药。现代的才子，只落得一个钱字——要由钱铸出了。"收拾铅华归少作，屏除丝竹入中年"，即使年纪轻轻，都已老态龙钟，那种穿青衫拂水袖容华若桃已随所供奉的舞台一并消失。

就像熬药是中国行为，节气也是我们独特的创造。可以注册商标。我想我们的老祖宗是个语文老师，喜欢把一篇文章割碎，他把全年划分为二十四个段落："立春"的段落，"雨水"的段落，"惊蛰"的段落、"春分"的段落……然后,就能较为方便地找出主题思想:我们的农事活动。大块文章遇到小刀割肉,老祖宗们是一帮揭竿而起的社会闲杂人员,统统加入"小刀会"。

其实更像一张课程表,天人合一的农事课程表。校长就是宇宙,班主任就是皇帝。皇帝不是被称为"天子"吗?就是校长的儿子。噢,让我们坐好了,不讲话,不做小动作,握紧锄头,两眼望前,看着一粒芒种在处暑里急如霜降。身在教室,胸怀世界,听校长的话,跟班主任走,小雪小寒,大雪大寒,无雪不寒。

但我已足足有十五年之久不关注节气了,我的哮喘在发育阶段不治自愈。现在每逢节气,我的紧张完全因为我的儿子。我不哮,他倒喘上。英国科学家近来的研究认为,哮喘更可能源于基因。也就是说我把国民党军队打跑,但留下的几个军统特务潜伏在我体内,通过一枚精子,在我儿子身上大搞破坏。我儿子的偏激、暴躁、缺乏毅力和疾病方面,简直是我归来的童年。看来除了有疾病基因,还有性格基因。甚至是命运基因。我很害怕他重复我的道路。想不到一枚精子竟能携带这么多东西,设想让一个人携带,他可能要满载一辆货车。生命中哪有不能承受之轻,当它还是一枚精子之时,就是负重的。深夜,我躺在我儿子身边,听着他艰难的呼吸,不觉泪流满面。只有一个哮喘者知道另一个哮喘者的痛苦。我觉得我把他带到这个世界上来是有罪的,遗传性哮喘把他一年生活划分出二十四个段落。二十四个沉重呼吸的段落。这就使他往往想飞。一种轻盈。这也使他小小的心对天文有了兴趣,特别是对一些带有节气点的星座。

"金牛座,黄道星座之一。冬季星座中一个很美丽的星座。位于英仙座和御夫座以南,猎户座的西北。每年约五月十四日到六月二十三日太阳在金牛座中运行,小满、芒种和夏至三个节气点都在金牛座中。"

儿子犯病期间,常常会幻想,他粗促急断地说着:"我要做宇宙医生,把这些节气点都开刀开掉,它们是胆结石。"他妈妈开过胆结石,并带回家来。有一阶段,这些暗黄(稍渗出些绿意)的石丸是他最喜欢的玩具。我想到蒙克,这是一个高尚的人,为了怕自己的疾病遗传给后代,就拒绝结婚。但一个人总是有结婚的冲动,特别是有点年纪又想过有规律生活的男人。再比如卡夫卡反复几个回合的订婚、毁婚,我认为很大程度这是他们医学文明的胜利。也是理性的胜利。

哮喘与节气这样密不可分,我几乎要把哮喘看成农业文明了。宇宙有一种节奏,一个人没有把握好,这个人就犯病。但没有哪种疾病像哮喘一样与宇宙的关系这般亲热,也这般立竿见影。不犯病时,我想我们的呼吸表达天籁,当气喘吁吁,这就是走调的独唱。如果把哮喘病人的呼吸记录下来,对照卫星云图,会不会发现暴雨或大水迹象？哮喘是我们的宇宙观出了毛病。"人是万物之灵"，现代哲学打破这个神话。从另外角度——怎样的角度呢？我想人还真是万物之灵，他是宇宙的一件模型，我们目前对宇宙的认知和对大脑的认知同在一条水平线上，就是说宇航工业与脑颅医学的进步是联袂的。人的求知欲也很可怕。而人之所以为人，在于有冥想的能力。冥想才是生活的重要部分。这点上，我很喜欢印度人。我们现在对地球形状有个新观念，即认为它是梨形。我想这与我们对子宫的了解差不多。子宫上大下小，像一只放倒了的梨。根据卫星探测资料，地球看起来也如一只梨。赤道部分鼓起，是梨的躯干；北极有点偏尖，仿佛梨蒂；而南极凹下，直似梨脐。这样，整个地球就是个梨形旋转体了。地球与子宫通过梨的形象而早已难分难解。多么奥妙，我们的身体与宇宙万象丝丝缕缕地牵挂着；形象美好，那梨形地球是暗处的子宫，更是一位丰臀细腰的女子，在茫茫宇宙之中像坐在岸边一样。

　　写到这里，我终于给这篇习作找到题目。师出有名。原本想叫《我们的节气》，或是《节气，药或梨》，似不够空灵。现在可以称之为《农历中的梨》，其中隐含节气的意思：因为节气毕竟是此篇中心。若无节气这中心，此作就失了气节一般。梨可谓是比喻——节气的比喻：那二十四个节气宛若二十四只黄澄澄的梨，挂在虚无枝头，被哮喘病人摘到。

又想起童年，我会背许多唐诗，但觉得哪首唐诗都和我无甚关系。破旧的《新华字典》所附"节气歌"，我认为才是了不起的杰作：

> 春雨惊春清谷天，
> 夏满芒夏暑相连，
> 秋处露秋寒霜降，
> 冬雪雪冬小大寒。

它帮助我对节气的掌握，于是逢其前后，我就给儿子熬药。现在只在煤气灶上熬了，全没有红泥小火炉的意境。熬药之际，内心不免有点苦涩，也会冷不防，一些活跃的想象跳将出来：

最早发现节气的人是个哮喘病患者，他根据自己的发病规律，摸索到这个自然现象，安排下部落里全年的农事。所以他也是最早的农民科学家和最早的农业部部长。行文至此，已是尾声。我又后悔了。决定把《农历中的梨》，改为《节气与哮喘》。尽管更实，但是妥帖。我终于舒出一口气。

被唤醒的身体

上午,我坐在窗前,看着六层楼底的马路——突然,我被一阵肚痛穿过。是穿过的感觉,像一根铁丝穿过腹部,猛地抽走,只是把疼留了下来。

起先我还坐着不动,想这痛会很快过去。风吹过树梢的一片叶子,并不会使这一片叶子滞止在风的状态中。但痛——起码是这一阵肚痛,并不像风,也不像叶子。它是一只雕塑的手,捏住粘土。我忍受不住,就站立起来。许多人忍受不住尘世的苦难,就站立起来——这样可以有点高度,以便与飞翔的众神对话。而我站立起来,只是为了更好地忍受住这痛。忍受,在这一刻就是赤手空拳的反抗。是的,反抗肚痛……一个反抗者在铁轨上走着,飞奔的火车头总追不上他。不是追不上他,是快被追上,他就消失了。不一会儿,又出现在火车头前……我站立起来,这站立就是一个驱魔行为,但痛,还是在这里,位置也越来越明确,痛在肚中,如灵魂不曾远逸。

痛使身体成为我的家园。在痛中，身体回来了。我热爱起这痛中的身体，把自己放平床上，像涉过 1998 年的大水。我忽然热爱起这身体上的痛，它使我的身体有了曾被忽略地触摸——触摸到的范围：手压在痛上，如实习水手在甲板上晕船。

肚痛是一种深度，喜欢平面迷宫的我，开始冒冷汗、眼绽金星、心猛跳、四肢无力。我无法表达我的肚痛。痛就是痛的表达——当痛像飞翔的众神一样，愿意搭理我们，痛就在我的、我们的身体上表达出痛。它是直截了当的，只是我已语无伦次……刚才，我在窗前，看一辆自行车忽然强穿马路，从疾驰的汽车前过去，在他强穿马路的一刻，我的心提起，心想这人完了，因为我在高处，所以看清有辆汽车疾驰而来，还没等我的心放下，自行车继续骑着自行车，汽车继续开着汽车。但在那一刻，我的确体验到恐惧、血以及其他，可能独独少的就是痛……痛也是一种速度。

肚痛稍缓，我就想三十六年来，我的身体经受过多少痛呢？我能回忆起一些事件，但痛——却想不起当初痛的程度，只能找一些图式，来图解痛的政策：比如牙痛的时候以头撞墙；比如腰痛的时候蹲下身去。总以为当下的痛、这一回痛，是最痛的当下，最痛的一回。

在肚痛稍缓之际，我不无做作、愚蠢、自慰地想着：痛把我遗忘的身体——被我遗忘的身体，又唤醒了。

又一阵肚痛袭来,像是在回答我。我决定用一张白纸驱魔,就从床上起身。

我是相信写作有驱魔作用的,但对于痛呢?痛大概是家园中最后的守望者,当我们常不回家,它就站在荞麦花开的土坡,或废弃的火车头前,喊上我们几声。

在一根大烟囱下

一抬头……我已常常忘记抬头了,因为生活在周围之中,只是每天把头转动,仿佛淡蓝色亚麻灯罩下的开关:一个按钮以自己为中心而跳着回旋舞……就看到那一根大烟囱,这是热电厂的烟囱,轻淡又极抒情地飘着些白烟。在一根大烟囱下,我想起殡仪馆。1976年夏天,外祖父在大公园一条散漫着白雾的河流上淹死。前三日,他还和我下过一盘象棋。我总是趁着他老眼昏花,吃掉他的"车"或"马"。外祖父会着急地按住我的手,说"不算不算"。有时候我不愿下棋,他就会许诺:下一盘吧,待会儿给你买本帖。外祖父淹死的前五日,他给我买了本《苏东坡墨迹》。他晚年的爱好就是下棋和到大公园的河边散步。火化那天,他被殡仪工人从冷藏间拖出,我以为他还活着——脸上红润润的,还浮着层汗。我用手绢擦掉了……冷气,手指蹭到他脸上,像一头扎进锐利的井水。我的手指……沾上了薄薄红粉,事后知道这是胭脂。殡仪工人给他化了妆,这大概是外祖父第一次使用胭脂。一个男人，到最后总会和胭脂沾亲带故的，所以我会如此欣赏曼殊和尚用胭脂画扇面的轶事……多年以前，我认识一位柿树下的女孩，她给我看一盒她死去的父亲送给她的胭脂，我又一次看到死亡的色彩……死亡是脂粉气的……我的手指蹭到外祖父脸上，指尖薄薄地红了，我感到恐惧，就走出灵堂，到一根大烟囱下，才安下心来。1976年的苏州殡仪馆，有一根红砖砌成的粗大烟囱，轻淡又极抒情地飘着些白烟。后来再也没有见到。

苏州有位画家，常在女人体的背后，画上两三根烟囱，大伙儿背地里喊他"肤浅的弗洛依德"。但我很喜欢他的画：因为一个人的个人经验会使这一个在现实面前走得很远。如果绘画是一种现实的话。1976年夏天之后，我差不多学会思想了，如果思想是要学习的话。我想，我能够用怎样从容的姿势，爬进那一根红砖砌成的粗大烟囱，然后优美地逃进蓝天。尽管这一根红砖烟囱后来再也没有见到，但其他的烟囱还是有的。

热电厂的烟囱是灰白色的，估计抹了层水泥的缘故……把皮肉去掉，人的骷髅和猩猩差不多。我们都在树枝上跳跃，剩下的叶子是因为有了雨……我刚搬到这里时，常常找不到家，如果家就是一座房间的话。我就以热电厂的烟囱作为标牌……从二环路下来，看到这一根大烟囱，我就——意味着我就轻松到家……一年下来，我闭着眼睛也能回家,所以眼睛睁大,也不会看见烟囱了。一抬头——并不仅仅是我常常忘记抬头,抬头之际,所见到的那一根果真就是所谓的烟囱吗?

以每一天的死亡,我抬起头来,看着热电厂的这一根大烟囱,和那一根大烟囱。

明朝市井

梦醒的第一个念头,就是:在崇尚艺术的时代,写点作品,即使穷困潦倒,也是值得的。

这是一个梦。近来,我常常梦到古代。连梦也怀旧。有一晚,我梦到我的情敌是三国时期的关羽,面孔红红,衣带飘飘。我说你有什么了不起,他还没来得及抡起青龙偃月刀,我就一枪打去。关羽尽管神,毕竟血肉之躯,经不起现代化进程中的呼呼子弹,但关羽,关公,关老爷。关老爷的么!醒来后我只得更紧地抱住她。不愿她生活在三国时期,那里兵荒马乱。再说关羽又杀过人,还是女人,还是女人中的美人——貂婵。中国英雄,不杀掉一个女人,是成不了英雄的。武松杀嫂,石秀无嫂可杀,就杀朋友太太。传说中的貂婵,是传说中的陕西米脂人。李自成也是米脂人。据讲李自成要杀尽山西人,原因:李自成落难时在山西讨不到饭吃,见那人吃西瓜,他就在一边等,想啃西瓜皮。那人吃完西瓜,朝李自成看看,把瓜皮一甩，用脚猛往泥土里踩。那时的李自成，已经颇有抱负，他心想我一朝得势了，非把山西人杀尽不可。一粒老鼠屎，坏掉一锅粥，正是。李自成果然得势，渡过冰雪中的黄河（这里，又有一个传奇故事，以后再说），打到山西。但他并没有把山西人杀尽，又有两个据讲，李自成一路杀来，山西人逃难，他见到一个妇人跌跌撞撞，抱着一个大孩子，拉着一个小孩子，李自成觉得怪异，放下屠刀，开口问道，那妇人回话："大孩子是前头女人生的，我是他后母。小孩子是我生的。"李自成大为感动，说："我不杀你，你也不用跑了，回家后在烟囱上插一根柳枝。"李自成传下令去，凡见到烟囱上有插柳枝的，是贤女人，不能杀。不料这一下，山西的烟囱上顿时造出柳林。看来是山西的一个贤女人，救下全山西人的命。一颗味之素，鲜活一碗菜，正是。另一个据讲，李自成不杀傅山，因为傅山有学问。李自成带话给傅山："请先生把儒冠挂在门口树上，我的士兵不会杀戮你家。"一时间，儒冠高挂，满山西都是知识分子。有人讲知识分子只会空谈救国，此事来观：救一个地方似乎还是绰绰有余。所以如今的山西人如今才能在全国各地做生意或在自己家里挖煤。李自成要杀尽山西人，我的研究主要是这个原因，貂蝉是他同乡前辈，关羽把她杀了。关羽是山西人。反正那一晚，我梦见关羽，心情沉重，直至我梦到明朝市井，才神清气爽。

明朝市井，我梦见它了。没有什么理由说这就是明朝市井，但梦里确确实实认为这就是明朝市井。明朝市井，方方正正，不大，像徐渭一封信。徐渭衣冠不整地在酒楼上喝酒，"小二，结账！"一摸口袋，没带银两，他就对店小二说句笔墨侍候。不多会儿，店小二呈上文房四宝，徐渭醉书诗一首，店小二忙拿给老板，老板忙说："先生客气，先生客气，给多了，给多了，且作鄙店欠你一桌酒饭，小二，记住，哪天送到徐先生府上去。"徐渭也不言语，掉臂而行。我正暗暗惊奇，又见老板对店小二说道："钞票天天可以摸到手，诗是难得一饱眼福，又加一笔好字，无价宝呵！"这时，我觉得做个明朝人，想来不错。我闲逛进得一所大房子，见到许多人吵着说要结社，我说："你们毛病，被警察知道了怎么办？""警察？"他们望望我，摸摸自己脑袋，继续高谈阔论。其中张姓者，大谈一篇文章构思，后来坐在一边写，我看到题目：《五人墓碑记》。好像还挺有名的。随着他们，我到郊外，那里一片桃林。

起先看桃林的老头还不让我们进，交涉几句，一听，是些文人，忙说："不好意思，不好意思。"他给我们找来荐席，烧水沏茶。我们饮酒，喝茶，写诗，说话。或坐或倚，或躺或靠，或伸或缩，或立或蹲，桃花灿烂缤纷若红粉洒将下来，遮蔽我们。死了也好，不是荒坟而是花冢。

他们都死了，死在明朝市井，我活过来。梦醒的第一个念头，就是：在崇尚艺术的时代，写点作品，即使穷困潦倒，也是值得的。因为我很快被另一个念头攫住：太不值得了，太不值得了。这篇散文头重脚轻，李自成当然很难算入《明朝市井》，虽然他也写诗，有百首梅花流传，近来的说法是后人伪托。反正是梦，不是梦的话，徐渭也没什么好日子！

佛 头

1

低垂的白色窗帘。一只明代的木雕佛头,放在书架顶端,它像这座书房里的文化首领,俯视着这一切:我与老人坐在佛头对面。

翘翘大拇指,老人谈论起朋友们的艺术。老人常常谈论起他的朋友们,说到他们的死,情不自禁地就会叹气。这是我至今都印象深刻的。

"九一八"事变后,老人从东北流亡到北平,那时,他只有十四五岁。带着一个救国的梦,也是一个求艺的梦,开始了他以后风云变幻的人生。和老人同时期的大多数艺术家,他们的艺术,都是怀着一个救国的梦而开花、而结果。我想他们都是20世纪中国,最有热血和最有理想的一代人,也是最受磨难的一代。国家,艺术,在老人心目中,像吃饭时拿在手上的一双筷子那样自然。

但他常常吃不上饭。在北平，老人进了私立美专。自幼他就爱画画，喜欢画猴子；名人画谱上的猴子；母亲纸剪的猴子；药店门口石柱上蹲着吃桃的石雕猴子；山东卖艺人肩头穿着古旧红衫的猴子……看老人近年的肖像照，我觉得有白猿之相：一种孤傲、无畏、又神奇的光芒，于须发间当风。这一座私立美专的校长是张恨水，校董中有刘半农。此刻的刘半农正热心为赛金花立传，就把老人拉去，为赛金花画像。老人画了张速写。

　　北平求艺期间，老人参加共产党外围组织，被国民党拘押，当局要老人写个声明，说脱离共产党，往报纸上一登，就可以释放，老人拒绝了。于是，被递解到南京，定为政治犯后，又押解到苏州，关在"苏州反省院"里。

　　"好！"老人翘翘大拇指，连声说好，说起一首诗歌——《大堰河——我的保姆》。在"苏州反省院"里，他被关一年半，这期间，老人交了一个朋友，他也被关在里边。他就是艾青。老人是这首诗的第一个读者吧，他读到的是草稿。老人被深深地打动了，也就更怀念沦陷的东北三省。老人的故乡在辽西一个农村，接近内蒙古，曾有朋友开玩笑说："你老家出白薯和胡子。"而白薯和胡子，在此刻，遥远得甚至美好起来。有过亡国之痛的人，才会义无反顾地热爱家园里的一切。他想起故乡的一座小山，叫"它山"的小山。以后，"它山"就成为老人常用的一个名字。一个笔名，一种怀念，一种热爱，也是一种命运——"它山之石，可以攻玉"。他一手向中国民间艺术学习，他一手向西方现代艺术学习，以至被扣上"毕加索加城隍庙"这顶帽子。这顶帽子现在看来没什么了不起，还可以说成博大精深的艺术包容，但在当时，就是"封资修"的代名词，就是打倒的对象。尽管这已是后来的事了。老人见过毕加索，这也是后话。反省院出来，艾青去常州，谋到一个职业，在常州女子师范学校做美术教员，而老人生活无着，想起张恨水，就去南京。以后的岁月中，他和艾青一直很友好，只是晚年疏阔起来。艾青去延安，说起来，还是他带路。他对这路熟悉。当时，他在重庆，是从延安去重庆的。"国共合作"面临破裂，周恩来问他，你是去香港呢，还是延安。他说："去延安。"恰巧艾青和罗烽也准备去延安，他就带他们上路，还化了装，他装扮成国民党军官，艾青装扮成他的秘书，罗烽——我想来个头高高大大吧，还有点鲁莽，就只得装扮成一个勤务兵。在去延安的路上，一位画家、一位诗人和一位小说家，浩浩荡荡地走着。不，只能说小心翼翼地走着。

张恨水在南京办份《人报》，老人，喔，那时他还只有十六七岁，就投奔《人报》去了。但《人报》已有美术编辑，还是位当地人。张恨水望着这位昔日弟子，想了个主意，给他介绍一些南京报纸，让他靠画漫画为生。一张漫画的稿酬，是一块现洋。当时一双英国名牌皮鞋，也只卖三块现洋。他给《扶轮日报》——一份铁路部门办的报纸——一日隔一日画上一张漫画。《扶轮日报》的文艺编辑，是姚蓬子——就是姚文元父亲。姚蓬子打听到他的经历，几次都向他委婉地表达自己没出卖过共产党，希望他向组织透个消息。但他那时还不是党员。一个月，他十五六块现洋的收入，那时，三四块现洋就能过上中等稍稍偏下的生活了。后来，他一个月有三十多块现洋进帐：给上海的漫画杂志投稿。这与叶浅予有关系。叶浅予为逃避乡下包办婚姻，与他在上海恋上的情人跑到南京来了。叶浅予的情人叫梁白波，也是位画家。老人说，这是他所认识的女画家中最有才气的一个。在叶浅予鼓励下，他给上海《时代画报》投了一份稿，这稿是某本左翼刊物给退的——是两幅漫画。两幅时事漫画：一幅是工人罢工，警察与外国巡捕捆绑着工人，往外押解；另一幅是闹水灾，人吃不上饭。《时代画报》老板是张光宇，出钱的是邵洵美。有关张光宇，我将在《先生客厅往事》里写到，这里就不多说了；有关邵洵美，我在贾植芳的文章里读到，邵洵美希望贾植芳有机会替他说说，有两件事，一是鲁迅指责他文章是别人替写的，不确实，文章还是自己写的；二是请肖伯纳吃素斋，是他一个人出的钱。《时代画报》很快把老人的漫画刊登出来了，刊登在彩页上，还加个标题："全国漫画名作选"。这是绝无仅有的一次，对《时代画报》来讲。这就在上海漫画界引起轰动，纷纷向老人约稿。鲁少飞主办的是《时代漫画》，指定下一期封面由他画。一个封面十五现洋。近几年,有位研究中国漫画的法国女学者,对老人说:"你们那个时期的绘画和生活,是那么丰富,与众不同。"

晚饭后,老人咬着烟斗,慢条斯理地抽着。佛头两边,有两只瓦兽,一只是安徽的,一只是云南的。安徽的那只质朴,云南的那只怪异,像两个护法金刚,正腾着烟草的云,浓浓淡淡一片雾色。

老人说:"二十多天没抽烟,以为戒掉,"他吐了口浓浓的烟,淡淡说道:"又抽上了。"

回家路上,我对妻说:

"当时许多青年人去延安,并不是因为穷困潦倒,吃不上饭了,才去的。他们怀着救国的梦、热血和理想,来到延安。其中有许多艺术家,又把救国的梦和探索艺术的热情,合在一起。"

妻冷不防来上一句:

"释迦牟尼抛下荣华富贵,劳其筋骨,苦其心智,只为真理。"

2

这个老人,就是张仃。

2000 年故乡夏天

火车单调的节奏，一个人重复着一天的一生。把一天重复着过上一星期、一月、一季度、一年……一生就到站了。

像火车行驰在苍茫大地，人搭乘着一生之车，望着车窗外的一棵椿树一棵榆树一棵枣树一棵柳树一棵树一棵树一棵树——车窗外，其实只有一棵树。我能看见的，只是一棵树，一直到站——火车到站前，猛吼几声，声音还没在白汽、廊柱、人群、穹顶的周围消失，就强硬地——停下。

一个人离开故乡时间长了，我想，是再也回不到故乡的。即使已经到站，他也只能徘徊故乡附近。

车厢里的人往外走着，到站的喜悦落到实处……穿蓝袍的人坐在长板凳上，高搁起一脚，头斜抵住膝盖，他下午般既明亮，又暧昧，蓝袍昏昏欲睡，陶罐里的水找到一条裂缝拼命往外渗，几乎也要回到井台，回到断断续续的运河……我还坐在卧铺上，欣赏着自己意识的流动：从"车厢里的人往外走着"流动到"陶罐里的水找到一条裂缝拼命往外渗"之际，几乎同时、几乎不分前后冒出"穿蓝袍的人"（只是行文之际，我让他先出现了），接着，我想起潘先生。

　　文章写到这儿，才开个头，已很沮丧：写坏了。我得重新开头。只是在重新开头之前，我把潘先生说完。潘先生是房客，租赁我家房子之前，他自己的房子是他喝醉酒后吸纸烟，不留神烧掉——逃出大火的时候，他手里抱着一只陶罐，里面，插着一枝红梅。当然，这是一九四九年以前的旧事。

　　重新开个头吧，说实话，文章无所谓开头不开头，只是文字里有一个它的写作者难以逃避或摆脱时间的织状物，碰巧在前面的文字就成一篇文章开头。也就是说，尽管我对刚才大感沮丧，它还是这篇文章的开头。

　　火车到站了，因为是这趟列车的终点站，所以我也不急，静等家人上车来接，半天过去，不见身影，于是我的沮丧与写文章开个坏头的沮丧等值，只得把行李一点一点往车门口挪，最后，一点一点搬到站台上。满头大汗，脑子里的玄想灰飞烟灭，现在，我正与"红帽子"面对面，尽管他理个光头，没戴"红帽子"，但他还是"红帽子"。我闻到他身上放射性汗味，他今天已揽到不少活。我用故乡话与他讲着价钱，他听不懂，原来他是外地人——而我是一个没有故乡的人,这话以前说过,刚讲好价钱,父亲和我妹夫来了。他们跑错地方,我在电话里说13号车厢,父亲听成3号车厢,他们跑到那头。

那头是夏天,我也会跑到。

接下来,怎么写呢?

我对第二个开头——这样的写法——也很失望,它会让我拘泥,以至于像现实一样乏味。我并不认为现实是乏味的,我更相信一种写法会使现实乏味,以至于使我产生错觉,觉得"像现实一样乏味"了。

既然如此,我再开一个头。这篇文章似乎大有来头的样子。

2000年故乡夏天的火车站广场上,热气如阳光明媚的白银,要积雪般融化。我的肋骨,一位匆匆忙忙的旅客,他的行李撞上我的肋骨,竟像是橡皮做的,疲软乏力,亚当被抽出一根肋骨,在夏天的热气里成长为夏娃。本该成长为夏娃,不料长成为青蛙,我想这个奇迹应该发生在夏天,从我所见有关这两人的油画和插图,他们赤身裸体,就是一个证据。如果是冬天,抗得住吗?当然这一个证据极其脆弱,更接近玩笑。实则这个证据源于我这样的想法:肋骨奇迹发生它所依赖的并不是灵魂,依赖的只是身体,这就暗示两人最后遭到放逐的命运。这命运就是身体的命运:身体可以放逐,而灵魂要么所在,要么所不在。我想这个奇迹肯定发生在夏天,因为身体相对灵魂而言,是夏天,灵魂更像冬季。因为也只有在夏天——在夏天,身体在出汗、在暴露、在旅行、在放逐——旅行就是一种放逐——在夏天,人是没有灵魂的,只有身体,但身体又在遭罪——这并不形而上,仅仅是我2000年下了火车喘口气稍息在故乡夏天火车站广场上的感觉,我感到灵魂所不在,被热气包裹的身体使我无法回避:身体,灵魂,你紧抓一面,你才获得自由——而亚当之后的男人,从夏娃之后的女人子宫钻出,肋骨就变得多余。只有无家可归之际,有时也会抽出一根肋骨,让它独自成长为一个人的故乡……火车站广场……嘈杂,肮脏,耳朵,手……每一个火车站广场大同小异。火车站广场是一座桥,只有过桥,才算到达。此刻,我还站在火车站广场上用橡皮擦掉多余的事物,我看到原来是个长方形,像一个游泳池——夏天的游泳池,救生员高高在上,黄铜哨子,镀镍,哨子,挂在有毛没毛的胸口,生与死之间的一个逗号——而此刻我看到这个长方形的颜色是微黄的,烟草的气味在领子上缭绕。

2000年故乡夏天的火车站广场上,热气如阳光明媚的白银,要积雪般融化。我看到两棵树,这完全是我的幻觉。故乡火车站广场上根本没有树,2000年故乡夏天的火车站广场上,只是几根旗杆。一根是旗杆,另一根也是旗杆。在火车站广场中央的几根旗杆,在我的幻觉里，竟是两棵香樟树。幻觉，另一种饥饿，饥饿吧。在北方多年，我似乎从没见到香樟树……一棵椿树一棵榆树一棵枣树一棵柳树一棵树一棵树一棵树一棵树……我可以不想故乡，但我还是会说故乡的香樟树美丽。两棵香樟树仿佛墨绿色蒸汽，在蒸腾，在蒸发，在蒸蒸日上。烟草的气味消失，香樟的蒸汽使我一头绿发，人：我是我想象的动物。有一年冬天，有一场大雪，大得像前苏联，压断一条街上的香樟树树枝，"咔嚓咔嚓"，许多小动物跑到街上，而香气也在"咔嚓咔嚓"地响着。有的香气刺鼻，有的香气——当她拥抱我一下后离开，我觉得有的香气杀头。"咔嚓咔嚓"的香气，杀头的声音，暴力有时候也沁人心脾。在这一场大雪里，我骑自行车上班，那时候在工艺店做学徒。骑着自行车，带着午饭，一只铝皮饭盒像从古城墙上扒下一块坑坑洼洼的老砖——那时候没什么好菜吃，午饭时，开胃口的只有我看人吵架打架。工艺店在两座园林之间，人来人往，常常有本地人与外地人吵架打架，外地人与外地人吵架打架，当然，本地人也会与本地人吵架打架。如果到吃午饭，还见不到马路上有人载吵载打，我的胃口就不好，口袋里有钱的话，就去隔壁小饭馆炒一只菜。这种小饭馆一般只有一个厨师，他在油烟里穿行，面红耳赤，刚下锅的青菜、肉片、鱼块，被热油爆出大团白汽，他的脸勉强从白汽里挣扎而出，勺子在锅边敲出刺耳的声音——这类厨师都有点铁匠的样子——高喊一声，"好啦"。老板娘就往厨房跑。老板娘的屁股,一般都很大。在苏联解体后,我再见到老板娘的屁股,就像沿街拆掉一排房子。真是很奇怪的联系,或者是一种幻觉,厨师用袖管抹抹脸,站在小饭馆门口,掏出半截烟叼上。我骑着自行车,大街上的雪已积得很深,不幸的婚姻,就是雪地骑车的感觉。锁车的时候,想着刚才一路上所看到的小心翼翼、谨慎从事和怨天尤人的脸色,锁好车,猛见马路对面有两个神远意闲的人,我觉得奇怪。两个人看上去像父子,在地上拣拾,黄鱼车上已有小半车香樟树树枝。为什么把这种三轮铁车叫"黄鱼车",也说不定"黄鱼车"的"黄鱼"两字,不是这个写法。厨师走过来告诉我,这两个人拣香樟树树枝,是为造假——他们是做樟木箱的,没这么多香樟木,就把香樟树树枝晒干,锯成木屑,抹在杂木箱箱板上,弄出点香气,像临上轿的黄花闺女,伴娘朝她脸上抹点胭脂,补补妆。这个比喻并不准确,只是为了引出:故乡人嫁女儿,都要用樟木箱陪嫁。

2000年故乡夏天的火车站广场上,热气如阳光明媚的白银,要积雪般融化。我看到两棵树,这完全是我的幻觉。站在火车站广场上,我看到天空,还看到河流。其实河流是看不到的,但我知道火车站广场附近,有一条护城河。我看到几根不锈钢瘦长突兀的旗杆,上面飘扬着广告旗……有一个男人骑在马上……一只白兔穿着大红肚兜……一朵像是躺在手术台上的大红花……旗声"咔嚓咔嚓",我嗅到"咔嚓咔嚓"物质的香气。精神像一条护城河在我看不见的附近流着、淌着,河面上阳光尖锐的针脚又要缝上哪一块补丁?有补丁的眼睛,有补丁的鼻子,有补丁的嘴唇,有补丁的影子。一个人他是准备出发呢还是已经到达,站在一根不锈钢瘦长突兀的旗杆下,旗杆的影子把他一劈为二——他微微地弯弯腰,旗杆在他身上流着、淌着,是伤?是血?是护城河?是旗杆在他身上打个补丁。旗杆作为符号,都是一样的。我想起小学操场上的旗杆。暑期返校,我,他,她,三人到早了还是晚走了,反正孤零零地站在操场上的旗杆下,没有飞鸟经过少年的天空,他听到蝉叫,她听到蛙鸣。操场周围没有树,只是一圈暗红的砖墙。他说,知了躲在旗杆上。我说,知了在围墙外面,那里有树。她说,先看看在不在旗杆上头。他爬上去——我觉得他像一部电影,一部电影里的人也是这样爬旗杆的。他爬到旗杆顶部,用手乱摸。他喊,"抓到啦""抓到啦"。她欢呼雀跃,我更欢呼雀跃。我说,"快给我看看""快给我看看"。他两腿夹紧旗杆,两手慢慢地举起,慢慢地放平,慢慢地垂下,慢慢地掏出……慢慢地洒出一泡尿。当初他的动作连贯飞快,现在,在我的叙述之中放慢速度。尿往前斜斜地冲去,翻过一个山坡,突然,"咔嚓咔嚓",翅膀折断,直直地戳下来,标枪般戳进20世纪70年代一个不是很热的夏天。

2000年故乡夏天的火车站广场上,热气如阳光明媚的白银,要积雪般融化。我看到两棵树,这完全是我的幻觉。站在火车站广场上,一部电影里的人也是这样爬旗杆的,蓝天像搭链掰开。以至我以后每次从旗杆下走过,都会情不自禁地耸耸肩,缩缩头,加快脚步。而此刻,一个人戴着鸭舌帽,脚边一大堆行李,他用袖管抹抹脸,掏出半截烟叼上,"咔嚓咔嚓",可能打火机没气,火不起来。在他身后,是一根不锈钢瘦长突兀的旗杆,旗杆在他身上流着、淌着,"咔嚓咔嚓","咔嚓咔嚓","咔嚓咔嚓","咔嚓咔嚓","咔嚓咔嚓","咔嚓咔嚓","咔嚓咔嚓","咔嚓咔嚓","咔嚓咔嚓","咔嚓咔嚓","咔嚓咔嚓","咔嚓咔嚓",两个人,看上去像父子,为了造假。我婶婶陪嫁来的那只樟木箱是真还是假的,我不知道。小夫妻回娘家的时候,我打开樟木箱。箱子里,盖在上面是一件旗袍,一件紫色的旗袍,那不浓不淡的紫色,一片温柔夜色般在流淌。婶婶曾经凑在我祖母耳边说话,脸涨得绯红。我假装不听,其实是全神贯注。我听到她的说话,像蚊子飞过鼻尖。她说,她妈妈穿上这一件旗袍,就生儿子;不穿,就生女儿。反正我也没听懂。只是来年,一个堂弟被我祖母抱在怀里。我弄出很大的声音,两个人一前一后拣拾香樟树树枝,年轻的拣起就往黄鱼车上扔,年老的,拣起,往下甩着,他甩掉叶子上的积雪,再扔到黄鱼车上。

2000年故乡夏天的火车站广场上，热气如阳光明媚的白银，要积雪般融化。我看到两棵树，这完全是我的幻觉。站在火车站广场上，一部电影里的人也是这样爬旗杆的，自以为有了灵魂。其实香樟树也是看不到的，香樟树四季常绿，雪积在香樟树树叶上，是淡淡的绿，绿得很淡，少女独坐春夜的那种肤色，而路边积雪则咬紧牙关，在牙关，灵魂把牙关咬紧了，轻薄肉体的雪积为坚硬灵魂的冰，最后，融化成水。水是什么？水是大地的天堂，还是夏天的游泳池？我对我周围的人、附近的人所标榜的灵魂，以为无非是读后感而已。那么，夏天的游泳池救生员高高在上像是生与死之间的一个逗号，游泳池比一条陌生的河流更令人不安。2000年故乡夏天的火车站广场上，热气如阳光明媚的白银，要积雪般融化。我看到火车站广场是长方形的——它是新建的一个游泳池——我看到这个长方形的颜色是微黄的，烟草的气味缭绕每一个火车站广场和故乡一样，灵魂和身体一样，都是大同小异的——像把肋骨抽出，算是一个奇迹的话，这个奇迹肯定不发生在夏天，也不发生在冬天。我从火车站广场中央的几根旗杆下走过，而父亲和妹夫帮我拿着行李，走在前面，两个人，看上去像父子，一部电影里的人也是这样——回家的。

2000年夏天，我在故乡生活四十多天，但我觉得好像才下火车，一直站在火车站广场上。故乡是我的幻觉，是的，是幻觉，还不是联想，还不是回忆。

民 间

说起民间,我首先想到有手艺的人。一些手艺人。在秋后的城市街头,有手艺的农民进城了,带来糖人、面人和木制玩具。糖人的手艺、面人的手艺和木制玩具的手艺,给孩子们欢乐,也给我回忆。

我的回忆是和面前这些孩子一般大时,城市街头没有手艺和手艺人。也有,但是,是另外的手艺和手艺人。手艺和手艺人是谦卑的,有时好像还很脏,蜷缩街头一角,仿佛守株待兔。孩子们是兔子,我想我的回忆也是兔子。兔子圣洁,所以能去月亮上捣药。这也是一个流落民间的传说。"白兔捣药成,问言与谁餐?"看来仙人生活药也是少不了的。子曰:凡有生命处,皆有暗毛病。

手艺是药。

而我的回忆,那时城市街头,无手艺也无手艺人,那么空旷。

尽管有另外的手艺，和另外的手艺人。另外手艺的另外手艺人在街头书写、张贴：这个世界充满补丁，充满字的补丁。那些字巨大，让人觉得压力。所以我想手艺应该是很小很小，很小的事情。

民间很小的，如果我首先想到手艺人的话。

晚期风物

青花瓷片，似乎能神散意闲地散步，绕着一座房子，转着圈，脚下的草伏倒，又弹起身来。草叶是绿绿的挂着釉，刚被年前野火烧过。草根是白的，宛如硬冷之霜。后来黑了。野火的腾挪中，一只灰兔，三只灰兔，它们在大地一角奔窜，眼睛曙红，仿佛画卷上的朝霞。

朝霞底下，一个人担水回来了。两只水桶分别装着河流的嘴唇，与歌。他种了一院子花，其实是他妹妹种的：篱笆边是蔷薇和玫瑰，薰风徐来，蔷薇似套曲，玫瑰如小令。蜀葵粗大，金黄的怀抱拥着笨头笨脑的蜜蜂。芙蓉花跳出深深叶影，把粉粉的脸朝向打开的窗户，轻轻地问声"你好吗"，之后，就不说话。皂荚树上凌霄攀援，凌霄是有妖冶之气的，而紫荆携带琐碎标点：这是一篇繁复的散文。不是吗？芍药列队而来，像捧着锦盒。锦盒里装着季节、书简和传奇。

屏风后面，她读着信——屏风上画着芍药花：白色楼台一层一层升向高处,虚无在雾气,或者月色里。

大朵的芍药。

坛坛罐罐。

九曲屏风,回肠荡气,若能听见屏风,这声也绕梁三日,是泥金的。她听见脚步声:

青花瓷片从灰土与红尘中跃起。

一块青花瓷片,似乎能散步,转着圈,绕着一座房子——他洗完澡,自在地躺在竹榻上,身体干净,心灵才灵,自在,像摩崖石刻,爬山涉水。青春时代已到晚期,就抓得更紧,如她种花,他读旧书。花开今日,也是夙愿,昔日的情种或善根罢。能从旧书翻读出新意,多份欢喜之际,也多份苍凉。古人今人,一个样子。只是古人占先,把话先说掉。还有什么话说?他想。无话时候读书,有话年月喝酒。酒瓶已空,喝一盏冷茶,倒也压火。冷冷的世态,火气都被压掉,他拿过一本书,鬼魅时代,人的想象也怪,读了几行,就往肚皮上一盖,呼呼大睡,而青花瓷片,还转着圈,绕着一座房子。

伏倒的草叶,又弹起身夹。野火在天上烧过,烧出朝霞,与祭红。

祭红太华贵,青花朴素。一块青花瓷片,绕房散步:这座房本是空的,洗完澡,他自在地躺在竹榻上,已是百年前炎热的夏天,千年前炎热的夏天——孔子纳凉,在沧浪之水里洗脚。庄子抗不过午后燠热的瞌睡,梦见蝴蝶了。这是一只蓝蝴蝶,仿佛雷声前的球状闪电。雨隆隆而至：灶上的蒸笼，白汽呼呼。还没等包子熟，老子索性骑上青牛，出关避暑。房子空关着，心灵里不见一个人，无挂无碍，像一块青花瓷片，那么光溜。光溜地散着步。

它绕着房子散步，渐渐地，房子消失了。在空地上，散步出一只青花瓷瓶形状，腹圆圆的，颈长长的。长颈为了眺望地平线上出现，另外的青花瓷片……归来，它们手拉手，抱缺，守残，搭出一座青花房子。

一男一女一架书。

而地平线上，只有那挑水者的影子。他还挑着水，妹妹远嫁他乡，一院子的花，凋零。

一块青花瓷片在口袋里，城外拣来。

瓜田李下

冬瓜田,西瓜田,南瓜靠墙种着,爬到屋顶结瓜。北瓜在地头我没见过,它又称看瓜,让人清供赏玩。江南气候潮润,北瓜放不多长时间,就从底部烂起。一位收藏钟表的老先生教我,平铺一层白沙,北瓜放上去,就不容易腐烂。

为什么要铺白沙呢?黄沙不行吗?铺白沙雅气。

冬瓜在地头,淡绿的瓜皮上凝着白霜,平凡的事物显示神奇一面,着实使人惊奇。这惊奇里又有点尴尬。

风吹过冬瓜田,像一个拉长了脸的家伙无人问津地走上木头小桥。

那时,冬瓜不值钱,地头也就没人看守。

小学去郊区学农,给农民伯伯送绿肥,听老农民忆苦思甜。他一口土话,我们听不懂。在田里参观,生产队长指着那个穿黑衣服的老太喊:"地主婆!"那个老太小跑过来,气喘吁吁说:"我有罪,我该死,谢谢恩人毛主席打倒地主……"地主婆种几分地冬瓜,作为一年收入。回到学校,师生交流学农心得,基本上达成一致,就是农民阶级兄弟的思想觉悟还有待于提高,地主婆旧社会这么剥削我们,还用柴刀把雷锋叔叔胳膊——我现在已记不起右胳膊还是左胳膊——砍伤,罪大恶极,罄竹难书,最后大家举手表决,应该把这个地主婆饿死。

西瓜田是墨绿墨绿的。瓜农在西瓜结得拳头大时——名副其实的拳头产品——就在地头搭起瓜棚。稻秆黄的瓜棚,外人觉得好看,瓜农却苦死了,蚊叮虫咬,他们用艾草熏着,浓烟能把西瓜也呛得咳嗽。

西瓜咳嗽,裂出一个大口子,吐血。

夜深人静,这个时候走过西瓜田,会听到西瓜撕扇断帛的声音。一般这个时候,是决不从西瓜田走过的,给人当贼防,何必自取其辱。

而真做偷瓜贼的,却很兴奋。我们巷子里两个插青——愤青的爸爸——偷了两麻袋西瓜,说是那块西瓜田要改种黄瓜,只得采下贱卖。他们挨门逐户兜售比拳头大点的西瓜,巷子里的人们谁一看都知道怎么回事,也就笑笑,心照不宣,不买就是。两个插青天天只得自己啃西瓜,一个插青家里条件好点,拿出白糖,拌西瓜吃。

插青:上山下乡插队知识青年简称。

那时候没有稀土技术,瓜种也不好,所以西瓜很少能吃到甜的,

郊区农民想出绝招,给西瓜注——准备留着自己吃的,注白糖水;准备卖给城里人的,注糖精水。所以你在瓜摊前会听到瓜农这样说:

"我的西瓜保甜不保熟,保熟不保甜。"

你也就不要觉得奇怪。

小时候,我一直以为冬瓜的"冬",是东南西北的"东"。后来知道不是,大为遗憾,心想西瓜、南瓜、北瓜都有了,如果冬瓜是东瓜,凑足一溜儿,方向感多强。天公偏偏不成人之美,生周瑜,偏偏又生诸葛亮;生西瓜、南瓜、北瓜,偏偏又不生东瓜。

李下我没去过,李树我没见过,我只见过梨树。但我用"李下"作过笔名,母亲姓李。后来废之是因为我把应酬文章都署名"李下",想想,真他妈的对不起我妈。

城南旧事

傍晚时分,我午睡醒来,妻子靠在床头,说:"《从文家书》读完了。"她把书递给我,我顺手一翻,见到这段话:

"我行过许多地方的桥,看过许多次数的云,喝过许多种类的酒,却只爱过一个正当最好年龄的人。"

北京城南一带,我从没去过。从车窗里往外望去,颇有点旧事味道。沿着红砖墙,我奇怪,怎么不是灰墙,汽车在胡同里拐弯:几棵小槐树下,坐着两位老头。一位老头穿着花短裤,很花,但花得古气,像尘封的扬州漆器。张兆和先生就住在这一带——我与妻子是初次拜访,曾蔷牵头。曾蔷开着车,她说:"我才学会五个月,你们不怕吧。"

几个月前,某出版社编辑老曹,问我如写五四时期作家,愿意写谁,我答沈从文或废名。老曹认为废名照片、材料很少,沈从文多,他说你就写沈从文。这是酒后闲谈,我并没往心里去。不料没多久,老曹就来和我签合同了。这本书要求图文并茂,就得去找沈从文照片,对这类事,我很怕。尽管张兆和在苏州生活多年,我硬凑上去的话,也算是个老乡,但我从没转过一见她的念头,因为读过她的随笔,见过她的照片,也就知足。这回只得托人找她,求见个面。开始不是很顺利,与她熟悉的一位老前辈,把这事承诺下来,突然血压高住进医院。一次同几位朋友喝酒,远在天边,近在眼前,才知道曾蕾与张兆和先生有来往。曾蕾是三联书店编辑,编辑过张家姐妹的书籍。曾蕾气质高贵,为人热诚,几个电话打下来,就约好本星期天上午去张兆和先生家里。

上午的天气,有些阴,空中已秋味半盛。我下车,一抬头,是幢高层建筑。"沈从文先生住过这楼吗?"我问曾蕾,曾蕾说:"他就是在这里故世的。"我还是很疑惑,在我印象里,沈老先生在湘西住的是吊脚楼,在北京住的是四合院。……一些人走进楼门,手拿托着冬瓜、豇豆、西葫芦……这个时候,正是买菜时候。蔬菜给了这幢水泥建筑一些活泼气息。有门卫,还有开电梯的,楼道里很干净。电梯门一打开,许多年前,如果正巧遇到沈从文先生走出来——我想我会羞怯,所以也就不会向他问好。

张兆和先生见我们走进客厅,就要从扶手椅上站起身,忙被我们劝住。曾蕾喊她奶奶,我喊不出口,我与妻子都喊她张先生。张先生听说我是苏州人,就讲起她父亲,她父亲在苏州创办乐益女中。她说:"我父亲常常改名,所以有许多名字。"张兆和先生瘦小,清爽,仿佛元人的一幅山水图:笔细细的,墨枯枯的,平淡而又明洁。苇叶瑟瑟,有风声,但不见寒衰之意。在秋水之中,在看不见的地方,游动着几尾淡墨的小鱼,或一头赤鲤。张先生端坐扶手椅中,已是八九十岁的人了,腰板还挺直。她的坐姿一点也不显老。

山中的回声,水上的桨声,烟影,月痕。无端地,我脑子里是这些想法。

我坐在张先生左侧,中间,隔着件东西,我不知道是什么,高大,长方,裹着块蓝印花布,以至我不敢把茶杯放在上面。我把茶杯放在脚边。弯腰取杯,被张先生看到了,她说:可以搁上面。拙厚的瓷杯,在蓝印花布上,像翠翠梦里的边城。事后我想。

张先生说,她小时候调皮,不爱上学,但一到学校,就高兴了。学校有个大平台,她就跑到平台上去唱歌跳舞。唱情歌。我没听清她讲,是保姆还是高年级学生,教她一支情歌,逗她,她也不懂,搬起小板凳,坐上平台放声高唱。平台上有栏杆,高高的,只有她一个人敢在栏杆上走,边走边笑。张先生说,她还留过级。我问小学还是中学,张先生想想,没有回答,大概自己也已忘记,接着就对我说她上课时吃烤白薯。

"烤白薯,苏州话讲烘山芋。"我说。

"对,对。苏州有许多小吃,"张先生说到这里,望望我,我一时竟报不上其他小吃的名来,愣在那里。写作此文时我想了起来:苏州有玫瑰西瓜子、薄荷粽子糖、松仁粽子糖、枣泥麻饼、烫白果、扦光荸荠……冬天街头,看买卖扦光荸荠的,心里会温暖。扦光荸荠像北方的糖葫芦,也插成一串。一串又一串扦光荸荠,在小铅皮锅中滚煮,底下烧着小炭炉。"扦"——吴方言不说"削",说"扦"。扦光荸荠,就是把荸荠外皮削净的意思。香味,热气,微火,我又看见了。

"上课时吃烤白薯,烤白薯真香呵,我才咬一口,整个教室就全是烤白薯香气。女老师闻到了,就查,她只查课桌,不知道我把烤白薯藏在口袋里,嘴闭得紧紧的,含住刚咬下的那口,来不及咽下。这女老师看上我父亲,后来成为我的晚娘。"

晚娘即后妈,是合肥话。张兆和先生祖籍合肥。

张先生的二媳妇进来了,招呼张先生喝水。我就向她说起沈从文照片一事。张先生年事已高,不问细碎。二媳妇也就是虎雏夫人,她说,最近在编沈从文全集,太忙,没有时间整理照片。张先生听到说全集,就落泪:

"汪曾祺是个好人,这样得力的助手,也死了。"

看着张先生落泪,我很窘迫,默然无语。

虎雏夫人拿来手帕,张先生接过,眼泪在擦拭之下越流越多。

张兆和先生读书时住校,一个晚上,她见到月亮特别大,就跑出宿舍,到操场上去跳舞。

张先生说,同学们喜欢她,有一次,同寝室的人都快睡着,不知谁学起她先前说过的话:"蚂蚁到底有没有鼻子?没有,怎么能嗅得那么远?有,我又怎么看不见?"大家笑醒了。

高年级同学拣到一只狗,送给张先生。"这只狗鼻子、耳朵、眼圈是黑的,身体和尾巴都黄黄的,漂亮极了,我给它取名'阿福',是我认识的一个人。我整天追着它跑,踩上'阿福'的尾巴,我摔倒了,那次摔得真疼。"

张先生说到这里,语气一变,我也感到了疼,还有回想时的快乐。我想起我自己,曾骑上一头山羊,还没抓稳羊角,山羊就猛跑起来,

我在羊背上摇晃几下,摔在河滩上。河滩上春草弥漫,疼过之后,我看一切的羊都是绿油油的了。这时,张先生又说起夏衍的猫:

"……文化大革命快要爆发的时候,夏衍家的猫突然不见。文化大革命一结束,猫又回来了……绕着夏衍的住房转上几圈,然后一头栽倒死去,这时夏衍已搬家。……那只猫是狸猫,所以夏衍后来一直喜欢养这种猫。"

曾蕾示意我再与虎雏夫人谈谈沈从文照片使用与商借一事,我又前因后果如此这般说上一遍,怕她不放心照片,我说只借一天,翌日即可归还。因为很方便,我能扫描入盘。虎雏夫人想想,说,照片都在出全集的那个出版社。张兆和先生一听到全集,就又说起汪曾祺,就又咽泣。我忙轻声对曾蕾与妻子说,给老人转一个话题,不能再让她伤心了。我已感到不安。妻子与张先生谈编辑工作,她们是同行。曾蕾说起陈白尘一本书,其中写到当初人民文学出版社要给毛泽东写信之类的,就让张兆和写,因为她的字最好。张先生听了,摇摇头,连连说道:"不记得了,不记得了。"

这是一个星期天的上午,我们听张兆和先生说着旧事——张先生说:"西南联大跳蚤很多,有一次,我抓到一只,就揪下根头发,把它系住。头发在手腕上绕了一圈,跳蚤就顺着头发,在我手腕上咬了一圈。"说完,张先生望望自己的左手腕,还用右手小拇指挠挠。张先生继续说道:"我小时候是够调皮的。"虎雏夫人打断她,说:"西南联大,你已是两个孩子的妈妈,在教书,不是小时候了。"我对能用头发系住跳蚤感到兴趣,妻子与曾蕾也有兴趣,只是觉得不太可能。

"是臭虫吧。"我问。

"不稀奇。"张先生答道。

言下之意是用头发系住臭虫,有什么稀奇呢。臭虫的个头太大了!

张先生给我们演示,边演示,边讲解:揪根头发,一端用牙齿咬紧,一端去系按住在手腕上的跳蚤,要系住跳蚤的脑袋。跳蚤咬得我很痒,我就是不舍得捏死它。用头发系跳蚤,太难了,但我还是系住它的脑袋,其中似乎有天意。

张兆和先生一直在回忆旧事,她天真、单纯和孩子气。坐在客厅里,几只书架上都放有沈从文晚年照片,从不同视角都能看见,还有满满地他的文集和单行本,但我并不觉得她被沈从文的才华、成就所淹没。正是这一份天真、单纯和孩子气,使她毫不费力就浮出水面。我想,她的天真、单纯和孩子气,可能会在暗处滋养沈从文,另外,她的认真——不无任性的认真——近期的家庭刊物《水》

寄发四十份后，发现其中有个错字，张兆和先生就要求收到者都寄回给她，她要把这个错字改掉。这事是听虎雏夫人说的，后来被儿女们劝阻了。虎雏夫人说："都是打印稿，这么厚，来来去去要花多少邮费。"

告辞之际，我给张先生一本我新近的散文集，其中谈到沈从文。她说交换吧，就起身走进书房，不一会儿出来，拿着一本《从文家书》。虎雏夫人让我留下名片，说照片的事与虎雏、龙朱商量后再说。我没有名片，就让妻子留下一张。我想，我已与什么失之交臂，或者说缘分没到。一下电梯，看到门卫正坐在墙角喝啤酒，剥盐水花生，笑眯眯的，这样的生活，我真热爱。

回家后觉得很累，既怅然若失，又如释重负，冲了个凉，饭也没吃我就午睡。醒来，听见妻子说："《从文家书》读完了，觉得沈从文和张兆和的确彼此相爱，但两个人的婚姻却并不和谐。婚姻即使对大师来讲，也是日常生活，他们没有找准角色感。沈从文需要包容性很强的女人，比如像姐姐似的，而张兆和天性活泼单纯，总是个孩子，她作为女人的一面，深处的一面，并没有被沈从文唤醒。"妻子边说，边从《从文家书》中引出一些句子，读给我听。

我有点走神，想着夜晚怎样给老曹打电话，让他同意终止合同。如果要我赔偿，我只赔得起一只北京烤鸭。

这么多人混在一起

一粒米回到稻壳之中，仿佛美女熄灯睡到床上，她在暗夜里胡思乱想，美女的胡思乱想也美，白天看到蝴蝶，此刻就能飞起。

而一粒米回到稻壳之中，已不习惯稻壳之中的暗夜了，她雪白的肌肤已被蹭黑，偏偏想在肌肤上背叛它，这种背叛不一定肤浅，但已无话可说。

白天的苏州像座零乱仓库，有一天，他跑到仓库附近，在一座桥上看到十几亩水稻田，他突然觉得日常生活的难以完成，也正因为日常生活难以完成，或者说这就是神奇现实。

可能不是十几亩水稻田，是二十几亩水稻田，对亩,他缺乏认识。

一粒米空中散步，姿态优雅，而我们生硬像电影刚被发明时的银幕形象。他如果与拜伦、普希金混过，如果混过的话，或许会把这一粒米看成贵妇人。

一粒米散步，浮想联翩的形象，羽毛扇扇过来，又扇过去，一阵轻盈的微响，一阵淡薄的暖风，这种唯美的念头也最好到此为止，否则，一吃饭的时候就想起这一粒米，也太恐怖。

他在桥头坐下，很少有人过桥。过桥的人都会悄悄地、不自觉地看他一下：这个城里人真是闲得没事做！

太阳落山，他准备回仓库，又望一下水稻田——夕光底下，像一家铜匠店。几个放学的孩子唱着流行歌朝桥上走，看到他，就不唱了。五四时期的诗人觉得他即使什么也没做，但在那里，就已经让孩子受到伤害。他想起一首童谣，他敢打赌，这些孩子不会：

摇呵摇，摇呵摇，
摇到外婆桥。
外婆给我吃块糕，
外婆说我好宝宝，
我说外婆蚕宝宝。

外婆是条蚕，在桑叶上一蠕一动，该多好玩！

他曾听过一屋子的蚕吃桑叶的声音——沙沙沙沙，沙沙沙沙，躺在帐子里听窗外春雨。

桑园是很入画的，他一直想给桑园画张水彩，尽管他从没学过水彩画。

有时候他想，蚕死到临头才结茧，而母鸡天天生蛋，它们的创作方法或者生活方式真的不同。

一只母鸡跑进桑园，东张张，西望望，它没学到什么，因为桑园里没有蚕——蚕养在桑园里，这里古代中国的事情。

他又想起另一首童谣，他敢打赌，这些孩子也不会：

> 康铃康铃马来哉，
>
> 隔壁大姐转来哉。
>
> 买点啥个肴菜？
>
> 茭白炒虾，
>
> 田鸡踏杀老鸦，
>
> 老鸦告状，
>
> 告给和尚；
>
> 和尚念经，
>
> 念给观音；
>
> 观音撒屁，
>
> 撒到你的嘴里！

念到最后一句，要猛然用手指往对面的人脸上一戳。也有为此打起来的。反正是孩子，打完就和好，又在一起玩，又玩起"康铃康铃马来哉"，又为此打了起来。

他下了桥，回头一望，一轮满月升起在水稻田上，没有升起在油菜花田上来得奢侈。

他回到城里，因为他是这个城里无数个仓库保管员中的一个。这么多人混在一起。

图书在版编目（CIP）数据

懒糊窗 / 车前子 著 .—北京：北京大学出版社 ,2016.6
（沙发图书馆）
ISBN 978-7-301-27074-5

Ⅰ.①懒… Ⅱ.①车… Ⅲ.①散文集—中国—当代 Ⅳ.① I267

中国版本图书馆 CIP 数据核字（2016）第 075960 号

书　　名	懒糊窗
著作责任者	车前子 著
责任编辑	王立刚
标准书号	ISBN 978-7-301-27074-5
出版发行	北京大学出版社
地　　址	北京市海淀区成府路 205 号　100871
网　　址	http://www.pup.cn　　新浪微博：@北京大学出版社
电子信箱	sofabook@163.com
电　　话	邮购部 62752015　发行部 62750672　编辑部 62755217
印刷者	北京中科印刷有限公司
经销者	新华书店
	880 毫米 ×1230 毫米　A5　9.75 印张　彩插 8 页　176 千字
	2016 年 6 月第 1 版　2016 年 8 月第 2 次印刷
定　　价	45.00 元

未经许可，不得以任何方式复制或抄袭本书之部分或全部内容。
版权所有，侵权必究
举报电话：010-62752024　电子信箱：fd@pup.pku.edu.cn
图书如有印装质量问题，请与出版部联系，电话：010-62756370